みんなのふこう

葉崎は今夜も眠れない

若竹七海

ポプラ文庫

目次

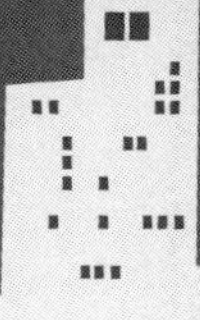

文月

七六・六メガヘルツ、葉崎（はざき）ＦＭがニュースをお伝えします。入ったばかりのニュースです。本日午後九時すぎに、葉崎東海岸の上空におびただしい光の筋が見えるとの通報が相次ぎました。そのため、この現象をひとめ見ようと集まったひとたちが海岸道路にあふれ、混雑からケガ人が出ているとの情報も入ってきています。専門家によれば、この光は大気圏内に突入した何らかの物質が燃え上がることで発生したいわゆる流星であるとの見方が強く、警察や気象庁では冷静な対応を呼びかけています。

あ、たったいま新しい情報が入りました。これによると、葉崎東海岸上空の流星群見物に集まったひとたちが混雑から押し合いになり、十数人が海岸道路から転落して、海岸で将棋（しょうぎ）倒しになりました。この事故で、現在、わかっているだけで八人が病院に運ばれ、手当を受けています……。

葉月

七六・六メガヘルツ、葉崎ＦＭが二十二時をお知らせいたしました。

毎日毎日、やっぱり暑いね～。こんな日は、葉崎の海水浴場に行って、海に飛び込んで、へとへとになるまで泳いだあと、青のりをたっぷりかけた冷たいところてんをつるつるっとやるのがいちばん、なんだけど、なかにはそれがムリって気の毒なひとも。

葉崎北町のラジオネーム〈ロマンスの仏様〉さんから。

『瞳子（とうこ）さん、聞いてください。わたしは受験生です。藤沢（ふじさわ）の予備校に通ってます。今日、予備校のエアコンが壊れました。暑さに耐えかねて図書館に行ったら休みでした。家に帰ったら、母親はエアコンの効いた部屋で爆睡したとかで、晩ごはんができてませんでした。明日はなにがなんでも海に行って憂さ晴らししようと友だちと計画してたのにそれがバレ、受験生がなに考えてるんだって父親に説教されました。も～、サイアクの夏です～。』

〈ロマンスの仏様〉さん、それはご愁傷さまでした。でも言っとくけど、オトナになったらエアコンが切れても休みなしで仕事なんてことだってあるし、瞳子ねえさんなんか、夏休みもなければごはんの支度をしてくれるひともいないんだよ。かわいそうなのはオトナのほうだって。きみは受験がすんだら遊べるんだし、もうちょっとがんばれよ。

てなわけで、毎週土曜、夜九時から深夜十二時まで、葉崎ＦＭがお送りする〈町井瞳子のライトハウス・キーパー〉、このあと、葉崎ローカルニュース、気象予報に続いて人気コーナー「みんなの不幸」をお送りする予定です。

ここだけの話、まさかこのコーナーに人気が出るとは瞳子ねえさん、これっぽっちも思ってませんでしたよ。はっきり言えば、木之内ディレクターとアシスタントのサイトーくん、あたしの三人で企画会議と称して居酒屋で明け方まで飲んだくれてるうちに、誰が言い出すともなく決まっちゃったコーナーなのね。

あのときはもう、これは日本の放送史を塗り替えるすばらしいアイディアだと思ったんだから、酔っぱらいってのはマジ、どーしよーもないよね。勢いで企画書出したら通っちゃって、本番が近づいてから青くなった。こんなの投書もメールも来ないだろうと思ったの。ところがどっこい、放送開始から三ヶ月、反響がすごくてびっくりしてます。

神奈川県の辺境、田舎、いやど田舎の葉崎にFM局を開いて紆余曲折、来年で十五周年。ニッポンでいちばんリスナー数が少ないFM局だと思ってたら、案外そうでもなかったみたい。なんと、開局以来の投書数だって。

初回、あたしの不幸を話したのがよかったのかもね。学生時代、デートで猫島海岸に行って、ふざけまわってるうちにビキニの下、流されちゃって、おまけにクラゲに刺されたって話。以来、彼とは連絡がとだえ、三十四歳になる現在まで、はい、独身です。

まあ、それからたくさんの失敗談や不幸話の数々、お送りくださって瞳子ねえさん、感謝してますよ。今日もね、すごいのが来てます。かなり長文のメールだったんで、ディレクターズ・カットしたんだけど……。

なによ、サイトー。

え？　いいかげんにニュースを読め？

はいはいはい、それではここで、葉崎ローカルニュースをお届けしましょう。

先月七日、葉崎東海岸で流星群見物の客が将棋倒しとなる事故がありましたが、この際、意識不明の重体となって葉崎医大病院に入院中だった男性の身元が今日、判明しました。

この事故は、先月七日午後九時すぎ、上空に白い光の筋がいくつも現れた、光のひとつは東海岸の沖合に墜落したなどという目撃がネット上に数多く書き込まれ、東海岸一帯に多数のひとがつめかけた結果、道からひとが押し出され、将棋倒しになったもので……。

＊　＊　＊

葉崎ＦＭ〈町井瞳子のライトハウス・キーパー〉係
町井瞳子さま
ラジオネーム・ココロちゃんのぺんぺん草

瞳子さん、はじめまして。瞳子さんの番組はいつも楽しく聴かせてもらってます。わたしは神奈川県葉崎市に住む十七歳の高校生です。

実を言うと、これまでラジオなんてほとんど聴いたことがありませんでした。でもこの夏休み、お弁当屋さんでバイトを始めたら、作業場でいちばんえらいパートの香坂さんがラジオ好きで、仕事中ずっと、葉崎ＦＭを聴くことになりました。

そうしたら、なんだかラジオを聴くのが楽しみになってしまい、はじめてもらったバイト代で、携帯用の小さなラジオを買ってしまいました。残念ながら、家族にも友だちにも不評です。いまどきラジオなんて、とか、ラジオ専用機なんてまだ売ってるんだ、とか言われ放題です。

ついでだから競馬新聞と赤鉛筆を買ってやろうか、と父にはからかわれました。父が葉崎に家を建てたのは、葉崎競馬場のためなんじゃないか、と母はこぼしています。

誰もわかってくれなくても、わたしはラジオの味方です。葉崎ＦＭが好きで、なかでも〈ライトハウス・キーパー〉の大ファンです。いちばん楽しみにしてるのは、「みんなの不幸」のコーナー。このコーナーが始まる土曜の夜の十時頃には、勉強もお風呂も姉弟ゲンカも中断して、かならず聴くことにしています。

世の中って、ほんとにいろんな不幸があるんですね。わたしは大学進学を希望してるんだけど、ムリして家を建てちゃったし、おばあちゃんは介護が必要だし、父はお馬さんにつぎこむし、私立大学はムリかもって、母に言われてしまいました。

おかげでしばらくは、わたしって、不幸のどん底娘だと思ってました。

でも、「みんなの不幸」を聴いてるうちに、それほどでもないか、と思うようになりました。

それに、ココロちゃんという友だちができてからは、ひょっとしたら、わたしってむしろハッピーでラッキーなんじゃないかとも思うようになりました。

ココロちゃんとはお弁当屋さんのバイトで知り合いました。わたしの周囲でただひとり、ラジオをうらやましがってくれたコです。

お弁当屋さんで働いているおばさんたちは、みんな慣れているし、仕事も早い。入ったばかりのわたしは追いつくのが精一杯で、よく香坂さんに怒鳴られています。香坂さんは斜めにこっちを見据える癖があって、そうやって見られるとかなりこわい。他のパートさんも泣かせちゃうくらいだから、しかたないんですけど。

でも、香坂さんはわたしより仕事がのろいココロちゃんは叱りません。それどころか、仕事をあがるときにいつも、あまったお総菜をどっさりココロちゃんにあげて、

「ちゃんと食べるんだよ。いいね」

と優しく声をかけています。

一度、それについてちらっと文句を言ったら、

「いいの。アレはかわいそうなコなんだから」

そう香坂さんにぴしゃっと言われてしまいました。

「あのコって、香坂さんの知り合いなんですか」

「まあね。ほら、ひと月ほどまえ、葉崎東海岸で将棋倒しの事故があっただろ。あのとき知り合ったんだ。まあ、あのコがアタシの下敷きになったんだけどね」

香坂さんはがっちりとした大柄。このひとに上に乗っかられるのはカンベンしてほしい、という体格をしています。ていうか、

「えっ、それじゃ香坂さんもあのコもＵＦＯ見物に行ったんですか。意外と物好きなんですね」

「どうだっていいんだよ、そんなことは。ま、アンタはどんなに怒鳴っても、ちっともヘコまないじゃないの」

内心、かなりびくびくしてたのに、そうは見えなかったらしい。次に怒鳴られたら泣いてみようかしら、と思ってたら、香坂さんが「それに」と付け足しました。

「あのコ怒鳴ったら、よけいに仕事が増えるんだよ」

なるほど、ココロちゃんはいつも一所懸命な感じがします。でもって、びっくりするほど不器用です。香坂さんにお総菜をもらって、

「ありがとうございますぅ」

とお辞儀をした次の瞬間、そのお総菜を床にぶちまけちゃったり。

お客さんに「いらっしゃいませ」と言おうとして、舌を嚙み、口からだらだら血を流したり。

おつりを間違えて、お客さんに怒られて、カウンター内でうろうろしたあげく、大量の十円玉を〈肉団子と菜の花の黒酢あんかけ〉にじゃらじゃらと落としたり。

ココロちゃんを接客にまわすのは、やめたほうがいいんじゃないかとよく思います。でも香坂さんに言ったら、

「アタシもそう思って、最初は調理場を担当させたんだ。そしたら漂白剤を食用油と間違えて、鍋に入れちゃったんだよ」

香坂さんは派手にため息をついて、言いました。

「いいコなんだけどね。なんというか、ちょっと、疫病神が入ってるんだよね」

どういう意味だか訊いたんですけど、香坂さんは教えてくれませんでした。おまけに、本人にはりついてればわかるよ、と言って、わたしをココロちゃんの世話係に任命してしまったんです。

おかげでバイト中、一瞬たりとも気が抜けません。ココロちゃんは予想不能なこ

とをしでかす天才なんです。〈肉じゃがコロッケ〉と〈アジフライ〉の札を逆に出したり、しょうゆとケチャップを間違えて渡すくらいは朝飯前。オーダーだって、よく間違える。なんか、ぽっちゃり系のお客さんは大盛ショウガ焼き定食弁当って、決めちゃってるんじゃないかしら。

今日なんか、ダイエット弁当を注文したのに〈がっつりカロリー弁当〉を渡されたお客さんが激怒して店に戻ってきて、店長に長々とクレームをつけました。結局きれいに食べちゃったっていうんだから、そんなに怒らなくてもよさそうなもんですけど。

ただしこういうことがあると、矢面に立たされるのはココロちゃんじゃなくて、世話係のわたしです。まあ、叱られるのは形だけ。みんな、わたしのせいじゃないことはわかってますから。でも、香坂さんじゃなくて、店長に怒られたのははじめてで、わたしよりココロちゃんが震え上がってしまいました。

帰り道、あまったお総菜をたくさん抱えたココロちゃんは、ごめんね、ごめんね、と言いながら、駐輪場にむかうわたしのあとをくっついてきました。もういいよ、と言っても、わかったから、と言っても聞いてません。

どことなくチワワに似たココロちゃんが、目をうるうるさせて、あやまりながらついてくる。はっきり言って、注目の的です。ていうか、わたしが超いぢわるに見えるじゃないですか。

思わずどんどん早足になって、ココロちゃんの「ごめんね」がだいぶ後ろになったなあと振り返ってみたら、ココロちゃんは転んでて、地べたに這いつくばりながら、まだ、ごめんね、ごめんね、と繰り返してました。慌てて戻って、助け起こしたら、トレーナーの前面にお総菜がへばりついてべとべとです。転んだはずみに総菜の容器がつぶれたんですね。

しかたないので、自転車の荷台にココロちゃんを乗せて、家まで送ることにしました。

「うちは遠いんです。いまは農家の物置を借りて暮らしてるので」

「は？　物置？　どういうこと？」

そう訊くと、ココロちゃんはちょっと得意げに、

「一ヶ月前にちょっとした事故で入院したんですけどぉ。そのとき知り合った農家のおばあさんが親切で、わたしに物置貸してくれたんですぅ。おふとんも貸してくれたし、ただで、いつまでもいてくれてかまわないって、そう言ってくれたんですぅ」

「え、だって、ひとりで住んでるわけじゃないんでしょ」

「ちゃんと、ひとりで住んでますよぉ」

冗談かと思ったんですが、遠慮するココロちゃんを送り届けてみたら、ホントにそこは物置でした。

物置っていうか、倉庫なんだろうか。床は地面で、屋根と壁はトタン板でできていて、中に入ると壊れたトラクターと、肥料みたいなものが積んであります。広いことは広い。体育館の半分くらいの大きさでしょうか。でも、窓がない。

倉庫の右側には、不思議な色のライトがついてて、植物の鉢植えがずらっと並んでる。

その反対側のいちばん奥に、コンクリートブロックとベニヤ板が敷き詰められた三畳ほどのスペースがあって、さらに古いじゅうたんが敷いてあって、上に裸電球が一個、ぶらさがっています。脇にはおふとんがたたんであり、タンス代わりらしい古いスーツケースがありました。

要するに、ここがココロちゃんの住まいでした。

ココロちゃんはちゃぶ台の上にお総菜をていねいに並べると、コップをふたつ取り出して外へ行き、水をくんで戻ってきました。

「冷蔵庫がないもんですからぁ」

ココロちゃんはにこにこしながら言いました。

「飲み物とか買っておけないんですけどぉ、でも、ここのお水、おいしいんですよぉ」

あとで学校の友だちに訊いたら、ココロちゃんが住んでる葉崎北西部の城井地区は日本の名水に選ばれたこともある、おいしい水の産地なんだそうですけど、はっきり言って水の味なんか、わかりませんでした。

だって、これってホームレス……ってことですよね。

公園で寝起きしてたり、ダンボールのおうちに住んでるわけじゃないけど。

「あのさ、ココロちゃんって、親、どうしてんの？」

「あ、わたし、父親っていないんですよぉ。お母さんも誰だかわかんなかったみたい。なんか、ずいぶんおなかがはってるな、便秘かなと思ってたら、わたしが入ってたそうなんですぅ」

ココロちゃんはフツーに答えました。わたしはひっくり返りそうでした。

「それじゃお母さんとふたりで暮らしてたの？」

「ううん、お母さんは子育てとかあんまり得意じゃなくって、そんな人間に育てられたら子どもがかわいそうだからって、わたしのこと、施設に預けてくれたんですぅ」

「え、じゃ、ずっと施設で……?」

「じゃなくって、中学を卒業するころに、お母さんが迎えに来てくれて、横須賀（よこすか）のアパートで一緒に暮らしてたんですぅ。でも、ほら、わたしって不器用だから、お母さんのこと怒らせちゃってぇ」

　よくよく聞いてみると、こういうことでした。

　ココロちゃんは中学卒業と同時に、お母さんに言われて、お母さんの知り合いのおばさんの店で働き始めたんだそうです。そこではトシを訊かれたら十八歳って答えるように言われてたのに、なにしろココロちゃんだから、んなことすっかり忘れて、ホントのことを言っちゃった。おばさんは逮捕されて、お店もつぶれたそうです。

　その次に、今度はまたお母さんのススメで、ココロちゃんはギャンブルをやっているひとたちに飲み物を運ぶ仕事を始めました。でも、勤めだして一時間もたたないうちに手入れがあって、みんな警察署につれていかれてしまいました。お母さんも呼び出されて、刑事さんにものすごく怒られてた、とココロちゃんは言いました。

そのせいか、お母さんはもうアンタとは暮らしたくない、と言い出し、ココロちゃんはアパートを追い出されました。それで、ファミレスでバイト募集の張り紙を見て、応募してみたら、採用されました。

これで生活費も稼げるし、お母さんに許してもらおうと思って、アパートに帰ったけどお母さんはいなかった。お母さんの行きつけのパチンコ店が火事になったというんです。

お母さんは退院すると、どこかに行ってしまいました。

あの、これって、けっこうひどい話……ですよね？

でも、わたしはショックを受けました。

なにしろ本人は、全然、ひどい話だと思ってない。ぜんぶ、自分が不器用なせいでお母さんに迷惑かけたと思ってるんです。

なんか言いたいけど、なにも言えなくて、とりあえず、わたしはじゃまた明日って、物置を出ました。出て、思わず深呼吸しちゃいました。物置はほこりっぽいし、いろんな古いものの妙なニオイもしてました。

見ると、母屋っていうんですか、ココロちゃんに物置を貸してくれたひとの家が門の奥まったところにそびえ立ってて、これがまあ、父ががっくりしそうな豪邸でした。ぜったいうちの四倍は広い。カリフォルニアあたりに建ってそうな真っ白い家で、駐車スペースには外車が何台も停まっています。

ココロちゃんがじょうろを持って小走りに出てきたので訊いてみると、あの母屋にはおばあさんとその息子がふたりで暮らしてますぅ、と言いました。

「このあたりじゃ、城井のシンデレラ城って呼ばれてるんですよぉ。すごいでしょぉ」

じょうろをどうするのか訊くと、ココロちゃんはにこっと笑って、

「預かってるハーブにお水をあげるんですぅ」

「ハーブって、あの物置に並んでた鉢植え?」

「おばあさんの息子さんに頼まれたんですぅ。すっごい貴重なハーブで、新種だそうなんで、その世話をする約束で、物置をただで貸してもらえたんですぅ。お水あげて、一日中あのライトあててなくちゃならないの。慣れるまで、よく眠れなかったけど、最近は大丈夫になりましたぁ」

言ってから、ココロちゃんは口をおさえて、しょんぼりしました。

「ハーブのことは、あんまりひとにしゃべっちゃいけないんでしたぁ。盗まれたら

たいへんだから」

瞳子さん、なんだかものすごく長いメールになっちゃいました。ごめんなさい。けど、ココロちゃんのこと、あれこれ考えてたら、どんどん長くなっちゃって。「物置をただで貸してくれた親切な農家のおばあさん」って、ホントにそうなのかなって。「物置にただ働きの使用人をおし込んでこきつかってる強欲なばあさん」が正解なんじゃないかって、気がします。

でも、そんなこと言ってココロちゃんが追い出されても困るので、もし、このメールを使うなら、そこらへんは放送ではカットしてくださいね。

友だちにはなんとなくココロちゃんの話はしづらいので、つい瞳子さんにメークをかけました。長すぎてホント、ごめんなさい。

ルではなく、ここの

では、このへんで。あさっての〈ライトハウス・キーパー〉の放送、楽しみにしています。

……というお話でしたが、いや、なんというか、〈ココロちゃんのぺんぺん草〉さん。ひっくり返ったのは、あなただけじゃないと思うよ。ひどい話だよ。今回はディレクターズ・カット版だったけど、それでも放送聴いたひとはみんな驚いたよね。ノーカット版読んだ木之内ディレクターなんか、半泣きだったもん。いいな～ココロちゃん、いいな～って。いや、状況はちっともよくないけど、けなげっていうか、なんていうか。

〈ココロちゃんのぺんぺん草〉さん、またココロちゃんの近況、知らせてくださいね。瞳子ねえさんも応援してますから。てか、生きてるかどうか心配だからさあ。頼むね。

＊＊＊

さて、ではここで七六・六メガヘルツ、葉崎ＦＭがニュースをお届けします。

入ったばかりのニュースです。本日午後、神奈川県警と葉崎警察署は、大麻を大量に所持していた男を逮捕しました。捕まったのは葉崎市城井に住む農業・三塚猛史容疑者五十二歳で、自宅からは十五キロの乾燥大麻のほか、栽培中の大麻五十鉢が押収されました。調べに対し、三塚容疑者は容疑を認めており、十年ほど前から自宅の物置で大麻を育て始めた、儲かるのでやめられなかったと供述しています。また、一緒に住む七十二歳の母親と、敷地内に同居していた十七歳の少女も事件に関わっているとみて、現在事情を訊いています。

三塚容疑者は複数の外車を乗り回し、自宅は近所からシンデレラ城と呼ばれるほどの豪邸で……。

って、うそ！　まさか、ハーブって……。

長月

七六・六メガヘルツ、葉崎FMが二十二時をお知らせいたしました。

夏の余韻をかみしめるまもなく、秋に突入したのはいいけど、まあ暑くなったり寒くなったり。朝起きて、着るものに困っちゃうよね。

葉崎東海岸町のラジオネーム〈モンブラン大好き〉さんからのお便り。

『先日、友人が出産し、お祝いを届けに出かけました。その日は台風が近づいているとかで天気が悪く、かわいい赤ちゃんもご機嫌斜め。次の予定もあったので二時に帰りかけたら、猛烈な勢いで泣き出しました。おかげで、予定を十分もすぎて友人宅を出発するはめになったんですが、葉崎北立体交差にさしかかってびっくり。下の道路に水がたまり、車が何台も動けなくなり、運転手がみんな車の屋根に乗って救助を待っていました。時間通りに出ていたら、わたしも愛車も水に浸かってたいへんなことになっていたかもしれません。ひきとめてくれた赤ちゃんに感謝です。』

　ということですが、先々週だっけ、台風の影響でゲリラ豪雨が起きてたいへんだったもんね。葉崎北立体交差の映像は全国ニュースでトップで流れたし、畑や線路、家の浸水もあって被害甚大でした。また次の台風が近づいてきてます。今度は葉崎直撃の可能性もあるそうですから、身近に勘のいい赤ちゃんのいらっしゃらないみなさんは気象予報に注意して、気をつけて行動してくださいね。

　さてそれでは、毎週土曜、夜九時から深夜十二時まで、葉崎FMがお送りする〈町井瞳子のライトハウス・キーパー〉、このあと、葉崎ローカルニュース、気象予報に続いて、お待ちかね、ウルトラスーパー人気コーナー「みんなの不幸」が始まるよん。

　思えば先月のいまごろはたいへんだった。瞳子ねえさんはニュースの途中にパニクりまして、上から下からスポンサーさまにまでお詫び行脚をしてたんでした。

　まあ、自業自得なんだけど。

　あのときは、心配してくださるみなさまのメールがどれほど心強かったことか。町井瞳子が壊れたら困るって、心配してくれるリスナーが、十三人もいたんだよ。同じ数だけ、ニュースくらいちゃんと読め、と叱ってくださるリスナーもいらっしゃいましたが。

そうだよね。ニュースはきちんと読まないとねえ。公共の電波だもん。

それはともかく。

ニュース途中でアナウンサーが絶叫、という事態もあり、ココロちゃんの大不幸もあり。たくさんの投書をいただきました「みんなの不幸」。もうね、大反響ってこういうことかーっ、ってあらためて思いましたよ。

神奈川県の辺境、田舎、いやど田舎の葉崎にFM局を開いて来年で十五周年。木之内ディレクター、アシスタントのサイトーくん、あたしの三人で読むのが間に合わないくらいメールと投書が来ちゃった。他の番組のスタッフに驚かれてんの。ここだけの話、少しまわしてもらえないかって頼まれちゃったくらい。

ま、それはさすがにムリだけど。なんたって、反響のほとんどはココロちゃんについてなんだから。

ココロちゃんかわいそー、とか。がんばってね応援してます、とか。ぺんぺん草さんじゃないけど、ココロちゃんのことを知ったら自分が不幸だなんて思えなくなりました、とかね。

まあ、なかには若干だけど、

「ハーブと騙(だま)されて大麻育ててたなんて、そんなコいるわけねー。作りじゃねーの」

というご意見もございましたが、いやいや、ホントだって。ひとつ間違えたらあたしだって騙されると思うよ。だって、大麻がどんな草だか、警察関係か、クスリ販売関係の方でないかぎり、フツーのひとは知らないっしょ。

え？　サイトー、あんた知ってんの？

知らない？

まぎらわしいジェスチャーすんなっての。

ともかく、今週、ココロちゃんの続報がぺんぺん草さんから届きました。今回も長文メール、なので、ディレクターズ・カット版でお送りするんだけど、いやはや、コメントのしようがないほどまたしてもすんごい内容なの。ココロちゃんファンの方、どうか刮目(かつもく)してお待ちください。

……わかってるって、うるさいよ、サイトー。

では、ここで葉崎ローカルニュースをお届けしましょう。

明日、日曜日に投票が予定されている葉崎市長選挙ですが、各候補は最後のお願いとして猫島秋祭りの会場に出向きました……。

＊＊＊

葉崎ＦＭ〈町井瞳子のライトハウス・キーパー〉係
町井瞳子さま
ラジオネーム・ココロちゃんのぺんぺん草

瞳子さん、このあいだはメールを読んでくださってありがとうございました。書いた本人が言うのもなんですが、まさか、ココロちゃんの話があんなにウケるとは思いませんでした。

わたしはとりたてて友人が多いわけでもない十七歳の高校生です。世間を知ってるってほどでもなし、だから、案外、わたしの知らないトコに、ココロちゃんみたいなコってわりにいるのかなあ、なんてのんきに考えてたんですよね。瞳子さんのリアクションを聞くまでは。

おまけに放送の次の月曜日、ガッコに行ったらココロちゃんがかなり話題になってた。〈ライトハウス・キーパー〉のリスナーって、意外に多かったんですね。わたしが書いたってことは内緒にして、思いっきり聞き耳たててたら、みんなやっぱり、ココロちゃんの不幸には盛大に感銘を受けてました。

というわけで、ココロちゃんの続報です。

大麻事件をニュースで知って、わたしは思わず家を飛び出し、チャリこいで葉崎警察署に駆け込みました。彼女の友人だって言ったら、生活安全課のフタムラっていう女性の警部補さんを紹介されて、ココロちゃんのこと、いろいろ訊かれました。

まあ心配するまでもなく、警察もあのコの性格から、ホントに大麻をハーブだと信じこんでたらしい、たんに利用されてただけだって、わかってくれてたみたいです。

「ただし問題は、身元引受人なんだよね」

フタムラ警部補は首をひねって言いました。

「十七歳ってのがビミョーでさ。リッパな未成年だけど、福祉関係に連絡するってのもねえ。母親は行方不明、でもって友人のアンタもまだ高校生。犯罪性がないってことで帰してあげたくたって、シンデレラ城の物置に帰すわけにもいかないし。誰かあのコの身元引受人になってくれそうなオトナに心あたり、ない？」

思いあたるのは、お弁当屋さんでいちばんえらいパートの香坂さんくらいなものです。でもその晩、香坂さんはケータイに出てくれませんでした。土曜日の夜中、他に連絡がとれそうなひともいない。

「しょうがないね。それじゃあさ、明日までにその香坂さんってひと、連れてきてよ」

フタムラ警部補が言いました。

「あの、それじゃ、今夜は……？」

「うちに泊めるから。留置所はきれいだよ。少なくとも、物置より寒くないだろうしさ」

父に訊いたんですけど、留置所とか刑務所とかに入ることを、「くさい飯を食う」って言うって。

要するに、ココロちゃんはその「くさい飯を食」わされることになったわけ。

いくらひどい場所に寝起きするのに慣れてるからって、これはまた別なんじゃないかって思ったんですけど、翌朝、事情を話して香坂さんと一緒に葉崎署に行ってみたところ、ココロちゃんはすがすがしい顔で出てきました。

「ケーサツのごはんって、おいしいんですよぉ」

香坂さんたちが手続きをすませているあいだに話を聞くと、ココロちゃんは嬉しそうに言いました。

「おみそ汁もごはんもあったかいし、おかずも二品ついてるんですぅ。今朝はしらすの釜揚げでした、とれたてのゆでたてなんですって」

「へ、へえ。おいしそうだね」

「葉崎ってやっぱりお野菜もお魚もおいしいんですねぇ。横須賀署より、三浦署より、新国署よりも、葉崎署がいっちばんおいしかったぁ」

……ちょっと待て。

たしか、横須賀にいた十五歳のころ、お母さんのススメでスナックやカジノに勤めて警察沙汰になったって話は聞いてたけど。

「三浦署って？」

「あ、ファミレスのバイトしてたころ、お客さんに五千円もらって頼まれて、三浦のご実家に届け物したんですぅ。そしたら、わたしの持ってった荷物が、玄関先でいきなり火をふいちゃって」

「へっ？」

「びっくりしましたよぉ。なんでも、そのお客さん、実家に火災保険っていうんですか、大金かけてたらしくって。時限式の発火装置をわたしに実家まで持っていかせたんですね。ほら、宅配便とかだと、時間指定がしてあってもトラックのなかで燃えちゃうかもしれないしぃ。でもわたし、途中で電車の乗り換え間違っちゃって、予定時間より三時間も遅れて着いたもんだから、焼けたの、玄関先だけですんだんですよぉ」

「それって、ココロちゃんを放火犯にしようとした、ってこと？」

「そうなんですぅ。それで疑われて、コーリューされたんですぅ」

わたしはしばらく口を開けたまま、かたまってました。

「あー、で、その、新国署っていうのは？」

「その火事さわぎのあと、ファミレス、クビになっちゃったんですぅ。バイト中に勝手に他のバイトを引き受けたりしたら、いけなかったらしくって。でもそれだとアパートの家賃払えないって困ってたら、大家さんがバイトを紹介してくれたんです。新国市の美術館から、美術品を輸送する運送屋さんの仕事でぇ」

「まさかと思うけど」

わたしは思わず口をはさみました。

「ホントは美術品を盗み出す手伝いだった、なんてハナシじゃないよね」

「やっだぁ、すっごーい。なんでわかったんですかぁ」

……アタリかよ。

ココロちゃんが事件の説明をしてくれたんだけど、なんだかわけわかんなかったんで、あとで調べてみました。

ある日、新国美術館に、モダン&アヴァントガード・アート・ミュージアムの学芸員と名乗る男がやってきて、特別展のために富田林頓多画伯の代表作『青い壺と女』を貸してほしいと申し入れたんですね。

この『青い壺と女』って絵をネットで見ましたが、壺っていうより水瓶のかたわらに青い服を着た女がひざまずいていて、水瓶の表面に映る星明かりをじっと見てる——ってかんじのものでした。ていうか、そう説明があったんで、なるほどそういう絵なんだ、ってはじめてわかった。青と銀と黒と紺の線が入り乱れていて、説明がなきゃ、なにがなにやら。

しかも十号っていうから、けっこう小さな絵ですよね。富田林頓多って画家には、昔からものすごいマニアがいるそうで、だからこんな絵でも一億円の保険金がかかってたそうです。

新国美術館の館長はモダンなんちゃらからの申し出を快諾し、しばらく後、学芸員が美術品運送業者をつれてきて、絵を受け取って去った。

ところが、その美術品搬用トラックが、東八道路の国立天文台の交差点で事故を起こした。左折してきた乗用車にぶつけられちゃったんですね。

警察が駆けつけてきたとき、追突されたはずみに道路標識のパイプをまっぷたつにして停まったトラックのかたわらには女のコが、

「足がつりましたぁ」

と半べそをかいてうずくまっているだけで、運転手も学芸員もいなくなっていた。追突した乗用車の運転手や目撃者の証言によれば、あきらかに被害者であるはずのトラックの運転手とスーツ姿の男が事故直後、荷台から絵画のようなものを引きずり出してあたふたと走り去ったという。こりゃ誰だっておかしいと思いますよね。

一時間もたたないうちに、実はモダンなんちゃらいう美術館も美術品運送業者も存在せず、つまりは絵画が盗難にあったと判明したわけです。

当然ながら、取り残されたココロちゃんは警察に「コーリュー」されて、事情を訊かれました。

「もし、警察にバイトの話を訊かれたら、大家さんの名前だけを出すようにって、

トラックの運転手さんに言われてたんですけどぉ」

ココロちゃんはけろっとして言いました。

「えっ、警察が出てくるかもって、わかってたの？」

「そうみたいですぅ。ホントは、なにかあったら絵を持って電車に乗れって言われてたんだけどぉ。足痛めて歩けなくなっちゃったしぃ」

で、置いていかれたわけだ。

犯人グループにしてみれば、未成年の女の子なら疑われずに絵を持ち帰れるんじゃないかと考えて仲間に入れたのかもしれませんが、なんせココロちゃんです。

足を痛めなかったら、一億の絵を線路に落として、絵は電車に轢かれて粉々、なんてことになってたかもしれません。

「大家さんはその晩、夜逃げしちゃったみたいでぇ。あとで新国署の刑事さんに聞いたんですけど、大家さんはボロアパートの家賃なんかじゃおっつかないほどギャンブルにいれあげて、アパートもなにもかもぜんぶ借金とりにとられちゃってて、それでもたりなくてぇ。泥棒の仲介はその連中にさせられたんじゃないかっていう話なんですけどぉ」

「逃げた男たちのことは、覚えてるんじゃないの？」

「似顔絵作りに協力しろって、刑事さんに言われたんですけどぉ。いろいろ考えて思い出そうとしてたら、ワケわかんなくなっちゃってぇ。できあがったら、その刑事さんそっくりの似顔絵になってましたぁ」

ま、ココロちゃんに仲間の顔覚えとけというほうが、ムリでしょ。

わたしはこの事件のことあまり覚えてないんですけど、ワイドショー好きの祖母に訊いたら、よく覚えてました。

「あれは、新国美術館が保険金めあてに人を雇ってやらせた、狂言だったんじゃないのかねえ」

というのが、うちのおばあちゃんの説ですが。

「そんとき、新国署で五日泊めてもらいましたぁ。新国署のメニューは、お肉がよそより多いけど、ちょっと味付けが濃いんですぅ。入るんだったら、葉崎署が断然オススメですよぉ」

よく、刑務所なら生活に困らないって理由で犯罪をしでかすひとの話を聞きますが、こんなこと言う十七歳の女のコ、ココロちゃん以外にいるんでしょうか。

それはともかく。

　数日後、いつものようにバイトに出かけると、ココロちゃんは元気に働いてました。

　今回の件で、わたしは問答無用で香坂さんのことを尊敬するようになりました。パート先が一緒だってだけで、わざわざ警察まで行ってくれて、身元引受人になってくれたって、すごいですよね。

　それに仕事の面では口うるさいけど、他のパートさんみたいに、腰が痛いとか、疲れたとか、安い時給だとか、文句言ってるのは聞いたことない。おまけに、

「香坂さんがアパート紹介してくれたんですぅ」

　休憩時間、ココロちゃんが嬉しそうに報告し、香坂さんはため息をつきました。

「日はあたらないし、風通しも悪い。裏通りのごちゃごちゃっとした狭い風呂なしトイレ共同のアパートでね。倉庫代わりに借りられてる二階の一部屋以外は住むひともなくて、見た目廃墟同然で、大家も困ってた。だから前からこのコには、そのアパートに引っ越したらって、言ってたんだけどね」

　香坂さんの言うことを聞いていれば、大麻事件に関係しなくてすんだわけだ。

「ただ、ボロだから家賃は安い。ここのバイト代でもじゅうぶん生活できると思うよ」

「ゼータクなアパートなんですよぉ。〈葉崎湘南荘〉って名前もステキでしょお？　ほら、部屋には鍵もついてるしぃ」

ココロちゃんが取り出した鍵は、どう見ても南京錠の鍵でした。なんでも部屋にいるときは内側からかんぬきをかけ、出かけるときは外から南京錠をかけるらしい。

「だけどあそこ、窓の鍵壊れてるだろ。夜寝るときはじゅうぶん気をつけるんだよ」

「前のひとはガムテープ貼ってたみたいですぅ」

ココロちゃんは、だからわたしもガムテープ買いましたぁ、とにこにこ言いました。

「鍵も流しも押入もついてて、電気も明るいんですぅ。それに、七輪もついてるんですよぉ」

「七輪？　ガス台とかじゃなくて？」

「七輪ですよぉ、それも三つも。前のひとが置いていったの使っていいよって、大家さんが練炭もくれたんですぅ」

わたしはお茶をふき出しそうになりました。

「窓にガムテープで七輪三つって、まさか、前の住人が練炭じさ……」

香坂さんが大声で言いました。

「さあ、休憩終わり。働くよ」

はいっ、とココロちゃんは元気よく返事して立ち上がりました。でもってそれ以来、香坂さんはわたしと目をあわそうとしません。

要するに、知ってたわけだ、香坂さんは。

ただ、よりによって、自殺者が出た部屋に住むって不幸だとは思うけど、知らなきゃ問題ないだろうし。それより住むところがなくなるほうが不幸だし。ココロちゃんなら別に気にしないだろうし。

あれ、なんだか不幸のレベルがものすごいところになっちゃってる、ような気が。少なくとも、ココロちゃんは自分が不幸だなんて思ってません。ていうか、むしろ、ハッピー満開っていう風情なの。

事情を知ったパートさんたちが、家にあったけど使ってなかったふきんとか、年始にもらったタオルとか、古い棚とかカレンダーとかくれたもんだから、ココロちゃんはいま、新居の飾り付けに夢中です。

わたしもちょうどバイト代が入ったんで、百均ショップに一緒に行って、お箸とマグカップとチャッカマンを買って、引っ越し祝いにココロちゃんにプレゼントしました。ココロちゃんはチワワに似たおっきな目に涙をいっぱいためて、ありがとうございますぅ、と何度も繰り返してくれました。

でもって、五回目の「ありがとうございますぅ」でお辞儀をしたとたん、がちゃん、と音がしました。袋がお辞儀の勢いで近くにあった棚にたたきつけられたんです。

買ったばかりのマグカップはまっぷたつになりました。

瞳子さん、またしても長いメールになっちゃいました。ごめんなさい。

ココロちゃんは不幸なのかどうなのか。状況は不幸だけど、本人はハッピーなんだから「みんなの不幸」にむいてるのかどうか。わたしにはよくわかりません。

だから、わたしのメールを放送に使えるか、ビミョーでしょうけど、ご迷惑でなければまたメールさせてください。誰かに思いっきりココロちゃんの話をしたいのはやまやまだけど、友だちにも、家族にも話しづらいんです。お忙しいのにメーワクでしょうけど、またおつきあいいただければ幸いです。

では、このへんで。あさっての〈ライトハウス・キーパー〉の放送、楽しみにしています。

あ、そうだ。マグカップは新しいのを買いましたので、ご心配なく。

＊＊＊

……というココロちゃんの続報、いかがでしたか。いや、〈ココロちゃんのぺんぺん草〉さん、これはじゅうぶん「みんなの不幸」にとりあげる価値あり、だとは思うよ。

またしてもディレクターズ・カット版だったけど、木之内ディレクターが切れね～って泣いてました。放送できない部分もあるし長すぎるし、でも切りたくね～って。

〈ココロちゃんのぺんぺん草〉さん、迷惑なんてことないからね。はっきり言って瞳子ねえさんはココロちゃんの今後が知りたい。ぜひまたメールをくださいね。頼むよ。

さて、ではここで七六・六メガヘルツ、葉崎ＦＭがニュースをお届けします。

本日未明、葉崎東銀座（ひがしぎんざ）近くの集合住宅で男女二名が倒れているのが発見され、病院に運ばれ、手当をうけている事件の続報です。

今朝四時すぎ、近くを通りかかった新聞配達員が木造二階建て集合住宅〈葉崎湘南荘〉からひとのうめき声がするのに気づき、通報しました。駆けつけた消防によりますと、被害にあったのは一階の部屋に住む十七歳の女性と、同じアパートの二階の部屋にいた三十五歳の男性で、ふたりとも意識不明の重体です。いまのところ、女性の部屋にあった練炭の不完全燃焼……えっ……により発生した一酸化炭素がアパート中に広まったのが原因の集団中毒の可能性が高いとみられています。

三十五歳の男性は、このアパートの二階に倉庫として部屋を借りていましたが、部屋からは二年前、新国美術館から盗まれた富田林頓多画伯の名画『青い壺と女』によく似た絵画が一点だけ発見されており、葉崎警察署では絵画の真贋(しんがん)を慎重に調べるとともに、男女の意識の回復を待って、事情を訊くことに……。

はあ!?

神無月

七六・六メガヘルツ、葉崎ＦＭが二十二時をお知らせいたしました。

十月に入って、すごしやすい天気が続いてますよね。洗濯物は乾くし、光熱費はかからないし、運動してもほどよい汗が出るし。うちの猫の額ほどの庭にサツマイモを植えたら、びっくりするほど育ってしまい、一昨日、イモの大収穫祭をしました。ひとりで。

ふかしイモ、焼きイモ、天ぷらに大学イモ。サツマイモと揚げナスのピリ辛炒め、サツマイモ入りの豚汁、レモン煮、スイートポテトといろいろ作りましたが、さすがにひとりじゃ食べきれない。でもね、おいしいんだわ、今年のイモ。残ったイモは新聞紙にくるんでとってありますが、今度、イモようかんに挑戦してみようかと思ってます。

というわけで、瞳子ねえさんは食欲の秋満喫中ですが、こんなかわいそうなひとも。

葉崎市三畑（みはた）地区のラジオネーム〈坂の上の蜘蛛（くも）〉さんから。

『瞳子さん、聞いてください。わたしは営業の仕事をしています。夏は炎天下、冬は木枯らしに吹かれ、春は花粉症と闘いながら、外回りを続けています。唯一、この仕事でよかったなと思うのはやっぱり秋。先日も、仕事で東海岸に行ったんですが、一息いれようと砂浜に出ました。

この時期、海はすいてて気持ちがいい。潮風を浴びて、日頃の疲れを癒しつつ、裸足（はだし）で歩いていたらハンバーガーショップが見えてきました。お昼はコレだ、とテイクアウトして、浜辺に腰を下ろして海を見ながらチーズバーガーを取り出し、かじろうとしたとたん、舞い降りてきた黒い影が。

そうです。トンビにバーガーさらわれたんです！

慌てて店内に戻ったんですが、かえすがえすも悔しいのは去年の秋、同じように海岸で昼食をとろうとしてトンビにおにぎりさらわれてたってこと。学習能力はトンビにも劣るのかと思ったら、なんだかがっくりです。』

あっ、あたしもありますよ、トンビに食べ物とられたこと。あれって悔しいやらこわいやら、とっさには何が起こったんだかわかんないやら、精神的ダメージ、でかいですよね。〈坂の上の蜘蛛〉さん、お気の毒でした。

さてさて毎週土曜の夜九時から十二時まで、葉崎ＦＭがお送りする〈町井瞳子のライトハウス・キーパー〉、いつものようにこのあと葉崎ローカルニュース、気象予報に続いてお待ちかね「みんなの不幸」のコーナーをお届けします。

覚えてらっしゃいますでしょうか。先月〈ココロちゃんのぺんぺん草〉さんからのメールを読んだらその直後、おっそろしいニュースで終わったでしょ。当然ながら反響がさらにものすごいことになってます。

再度、ニュースにいらん感嘆詞をはさんでしまった瞳子ねえさんは、部長に呼ばれ社長に呼ばれスポンサーさまに呼ばれ、お叱りをちょうだいしたわけなんだけど、がみがみっと怒られた直後、みなさま申し合わせたように、

「で？　ココロちゃんはどうなの？」

とお尋ねに。

リスナーのみなさまからも、お見舞いメールや手紙をどっさりいただきました。それと、マグカップがたくさん送られてきたのには驚いた。〈ココロちゃんのぺんぺん草〉さんが付け加えていたように、ぺんぺん草さんがちゃんと新しいのをもう一個買って、プレゼントしたんだよ。

ウェブ上でお断りしておりますように、ココロちゃんご本人にメールや手紙、マ

グカップ等をお渡しできるかどうかはわかりません。あしからず。

それと、ココロちゃんの身元について、あれこれ詮索(せんさく)してるひとたちがいるみたいだけど、やめてね。

どこの誰だか気になるのはわからないでもありません。だから、冗談半分で「あのコかも、このコかも」とやりとりするくらいはいいとして、本気で追いつめるのはやめてくださいね。でないと、ココロちゃんの続報、お届けできなくなっちゃうから。お願いしますね。

ココロちゃんのその後については、一ヶ月ぶりに来たぺんぺん草さんからのメールを後ほどディレクターズ・カット版でお送りしますので、お楽しみに。

っていうか、あいかわらずヒサンな話なのに、お楽しみに、と言えるってのがココロちゃんのすごいとこじゃないでしょうかね。なんたって、入院生活が……。

あああ、出たアシスタント・サイトーくんの両手でバツ。

わかりましたよ、わかりました。それではここで、葉崎ローカルニュースをお届けいたします。

先月行われる予定だった葉崎市長選挙が、立候補者二名がそれぞれに対する傷害罪での逮捕という異例の事態により無期延期となったため、来週日曜日にも行われるやり直し選挙の立候補の受付が今日、締め切られ、前回立候補したふたりにくわえ、新たに一名が名乗りをあげました……。

＊　＊　＊

葉崎ＦＭ〈町井瞳子のライトハウス・キーパー〉係
町井瞳子さま
ラジオネーム・ココロちゃんのぺんぺん草

　瞳子さん、またまたお便りいたします。もちろん、ココロちゃんの続報です。

　先月の放送のとき、ニュースを聞いてわたしは家を飛び出し、チャリこいで葉崎医科大学付属病院に駆け込んだんですが、ココロちゃんとは面会できませんでした。

　明日の午後には一般病棟に移れるだろうから、そのときまた来てと看護師さんに言われ、ほっとして帰ったんですけど、日曜日に行ってみたら、ココロちゃんは刑事さんに話を訊かれてるとこで。

　そりゃそうですよね。以前、ココロちゃんがかかわった盗難事件で盗まれた絵画が、よりによってココロちゃんが住んでるアパートの二階から出てきたって、わたしが警察でも思いっきり疑っちゃいます。

で、結局、その日も会えずじまいで、お見舞いできたのは、月曜日の夕方、バイトが終わってからでした。

元気でしたよ、ココロちゃん。

元気すぎて、しゃべりまくり。六人部屋で、他にも患者さんがいるのに、あけっぴろげになんでもしゃべっていいのだろうかと思うくらい。

「プレゼントしてもらったチャッカマンで、はじめて練炭に火をつけてみたんですけどぉ」

ココロちゃんは、いつもの調子でそう言いました。

「どうやって消していいのか、わかんなかったもんで、七輪ごと窓の外に出しといたんですぅ。あのアパートは、他の建物ときゅうくつにくっついてるんで、一酸化炭素が裏のスペースに充満して、開いてた窓からアパートの二階に流れ込んじゃったらしいんですぅ」

彼女の説明じゃ、ぜんっぜんよくわからなかったのだけど、〈葉崎湘南荘〉というのはどうやらとってもヘンテコな造りらしくって、ココロちゃんの部屋は半地下のようなもので、隣の部屋は二階といっても半二階みたいなものらしい。高低差のある土地にムリに建てたアパートらしいんですね。

それでも、そのままだったら一酸化炭素はココロちゃんの部屋に流れ込んでしかるべき、なんですけど、ほら、窓の鍵が壊れていたでしょう。

窓がガムテープでぴっちり閉められてたから、ココロちゃんはたいしてガスを吸わずにすみ、とばっちりで二階の男がひどい目にあったというわけです。

ココロちゃんってもしかして、不幸なんじゃなくて、強運の持ち主ではなかろうか。

もっとも、一酸化炭素中毒事件を引き起こしたのは、ココロちゃん本人なんだけど。

二階の男は、ふらふらしながらも這って部屋を出て、階段から転げ落ちた。玄関までわずか六段、なのに落ちたはずみに両足を骨折し、うなっているトコを新聞配達員に発見された。救急車に男が収容されている間に、消防隊員がドアを破ってココロちゃんを救出、練炭を撤去した。

でもって、警察官がドアが開きっぱなしになってた二階の部屋をのぞき、新国美術館から盗まれた（らしい）富田林頓多画伯の名画『青い壺と女』を見つけた。部屋にはその絵が一枚置かれているだけで、他にはなにもなかった。

……っていうのが事件のてんまつらしいんですけど。

月曜日の昼休み、お弁当食べながら葉崎ＦＭを聴いてたら、二階の男の名前は荒垣義春というのだそうで、前科二犯、恐喝で指名手配中だったとか、部屋の借り主とは別人だったとか、発見された『青い壺と女』は本物じゃなかった、ってニュースで言ってました。

本物じゃなかったって、どういうイミなんだ。

盗まれたのは贋作だったってこと？

それとも、盗まれた絵ではなかったってこと？

足を折った男が、ひとりでこつこつ描いた模写だったたってこと？

そこがだいじだろ、って、ラジオにツッコミを入れちゃいましたよ。

それはともかく。

少なくとも、絵が本物じゃなかったことが判明した月曜日には刑事の訪問もなかったようで、ココロちゃんは運ばれてきた晩ごはんをおいしそうにたいらげていました。

「病院のごはんって、おいしいんですよぉ」

留置所のごはんがおいしいって言ってたくらいだから、驚きませんけど。

「今回は、フツーのごはんだから、特においしくってぇ。前は、おかゆばっかりだったからぁ」

「って、前にも入院したことあるの？」

「何度か。えっとぉ、海岸で拾った貝を食べて四時間くらいたったら、吐いたりおなか壊したり、たいへんだったことがあってぇ」

ムラサキイガイの中毒って、葉崎じゃ珍しくもないそうですが、きっちりクリアしてるあたり、さすがココロちゃんです。

「何度かって、他には？」

「公園にニラが生えてたんで、とっていためて食べたんですぅ。そしたら食べたとたんに気持ち悪くなってぇ。あとでお医者さんに、それ、ニラじゃなくて水仙だって言われました。水仙って毒があるんですよ、知ってましたぁ？」

初耳だけど、公園にニラは生えてないと思う。

「キノコもあるしぃ、サルモネラだったときもあるしぃ。今回、ここの救命センターに運ばれたら、顔見知りのお医者さんに、食中毒じゃないなんて珍しいねって、ほめられちゃいましたぁ」

ココロちゃんは嬉しそうに言って、わたしがお見舞いにと葉崎東銀座で買ってきた、似勢屋の銘菓〈南方の面〉をぱくぱく食べています。ツッコむ気力も失せて、わたしもお菓子に手をのばしたとき、ふいに、ものすごいニオイに包まれました。

なんて言うんだろ、獣くさいっていうか、生ぐさいっていうか。

父がニンニクを食べすぎた翌朝の口臭に、トラのおしっこをあわせて、ぐっと濃縮したみたいっていうか。

同じ病室の患者さんたちがいっせいに食事の手を止め、付き添いさんが窓を開けに走り、ココロちゃんはわあっと鼻をおさえ、わたしの背後を見ました。

振り返ると、男がひとり立っています。

でもって、ものすごいニオイはこの男から放たれているようなのです。

平たい顔にリッパな眉毛、対照的に小粒な目。小柄で痩せていて、フツーならどこにでもいそうな平凡なおじさんといったとこなんでしょうけど、ニオイのおかげで異様な存在感があります。

おじさんはニオイを振りまきながらベッドの脇に寄ってくると、わたしにむかい、

「はじめまして。わたくし、こういう者です」

と名刺をさしだしました。ハンカチを鼻に押しあてながら隅をつまむようにして受け取ると、名刺には肩書きも組織名も住所も電話番号もなく、記されているのは名前とメアドだけ。名前は〈阿古喜一朗〉とありました。

「アコギ、イチローさんですかぁ」

脇から名刺をのぞきこんだココロちゃんがほがらかに尋ねると、おじさんは地の底から響いてきたような暗い声で言いました。

「前にも言ったでしょうが。アコ、キイチロウ、と読みます。本来はね。まあでも、たいていのひとは、アコギ、と呼びますのでそれでもいっこうにかまいません。わたくしの仕事にとってはうってつけの呼び名ですので」

「ねえ、知り合いなの？」

小声で訊くと、ココロちゃんは首をひねりました。

「えー。知らない。と思うけどぉ」

「会ってますよ、前に」

ぽかんとしたココロちゃんに、アコギさんはイライラしたように指を振りました。

「侮辱です。一度わたくしに会った人間は、絶対にわたくしのことを忘れないものなんです。なのにアンタは、一度ならず二度までも忘れた。ありえません」

確かに、本人の顔は忘れてもニオイで思い出しそうなものではあります。

ふと見まわすと、病室に人影なし。廊下では看護師さんたちが咳き込みながら右往左往しています。心優しい看護師さんたちにしてみれば、クサイから出て行ってくれ、とは言い出しにくいのでしょうが、なんとかしてくれればいいのに。

「どこで会ったんですか」

とにかく用件をすませて、とっとと帰ってもらうしかない。わたしは早口で訊きました。アコギさんはため息をつき、とたんに今度は廊下からも人影が消えました。

「横須賀で住んでたアパートの大家んとこに、よく取り立てに行ってたでしょうが」

ココロちゃんはああ、とうなずきました。

「思い出しましたぁ。忘れっぽい取り立て屋さんだ。お金借りたのは大家さんなのに、よくわたしのとこに取り立てに来てたんですぅ」

「だからあんときも説明したでしょうが。大沼田浩二さんに払う家賃をこちらに渡してくれって。それを借金の返済にあてるからって」

「えー、でもそれ、ヘンでしょうぉ。わたしが大家さんに払ったお家賃を、大家さんから取り立てるのが筋ですよねぇ。なんで大家さんすっとばして、わたしのとこにいきなり来るのか、わけわかりませぇん」

いろんなイミで納得しました。

アコギって名前は確かに借金の取り立て屋にぴったりかも、とか。

ココロちゃんの言い分は正しいし、でもって意外にしぶとい、とか。

大沼田浩二とかいう大家はきっと、このひとに会いたくないあまりにココロちゃんとこへ行かせたんだろうなあ、とか。

その大家さんは、バイトと称してココロちゃんに美術品泥棒の片棒を担がせたくらいだから、それくらいのことはしかねません。

「あのう、それで、今日はどうしてここにいらしたんですか。その横須賀の大家さんの借金をここに取り立てに来たんですか」

ハンカチで鼻をおおっていても、わたしもそろそろ限界。なので、単刀直入に訊いてみました。

「いやあ、まさか」

アコギさんは首を振って、

「大沼田の借金は大沼田の借金。店子じゃなくなったひとからむしりはしませんよ。ただねえ、あの男、かなりの額踏み倒して逃げたんでね。絵のこともあるし、ひょっとすると、ひょっとするんじゃないかと思いましてね」

酸欠でふらふらしてきましたが、言いたいことはなんとなくわかりました。きょとんとしているココロちゃんに、わたしは言いました。

「このひと、あなたが横須賀の大家さんの居所を知ってると思ってるみたいだよ」

「えー、知りませんよぉ。知ってたら、昨日の刑事さんたちに教えてますぅ」

ココロちゃんは不機嫌そうに答えました。

「あの刑事さんたちもぉ、知らないことばっかり訊くんですぅ。アパートで倒れてた男のひとの顔写真見せられて、わたしが知ってるはずだって、でもわかんないしぃ」

「さっきも言いましたけど」

アコギさんはココロちゃんをにらみつけました。

「アンタは記憶力がありえないほど悪い。知ってるのに思い出せないだけ、ってことなのじゃないかと思いますよ。……ま、いいでしょう。今日のところは帰りますが、次に会うときまでに、いろいろ思い出しておいてください」

アコギさんはゆっくりと部屋を出て行き、わたしとココロちゃんは窓に飛びついて深呼吸しました。


それからしばらくしてバイトに行くと——言い忘れてましたけど、わたし夏休みのあとも放課後、週に三日ほど、お弁当屋さんでのバイトを続けています——ココロちゃんは退院して元気いっぱいに働いていました。

今度のアパート、まさか追い出されたりしないかな、とちょっと心配してたんですけど、香坂さんによればいまのところ大丈夫みたい。

「あのアパートをまるごと借りたいってひとがいるらしくてね。ただ、それはまだ先の話だから、その契約が結ばれるまではいていいって」

少しでも家賃が欲しいだけなのかもしれないけど、これだけの大事件を起こされたわりにはずいぶん親切な大家さんです。

「それにねえ。二階の男が倒れたのも、あのコのせいだけじゃなかったみたいだよ」

「どういうことですか」

「ほらあの二階の男、荒垣義春……」

「部屋の借り主とは別人だって、ニュースで聞きました」

「そう。本来の借り主は……まあ、それはどうでもいいんだけど」

香坂さんは言葉を濁して、

「荒垣は砒素をもられてたんだって」

「えっ、それじゃ殺人未遂事件だったってこと、ですか？」

「恐喝で指名手配されてたっていうんだから、誰かゆすって、殺されかけたんでしょ？　一酸化炭素吸って気分が悪くなったのと、毒が効いてきたのと、同時に起きたんじゃないの？」

香坂さんはことなげに言いました。ひえーっ、すごい。刑事ドラマみたいな展開だ。

考えてみれば、その荒垣義春って男が、絵画一枚置いてあるだけの部屋にいたのも、指名手配されてセンプク中だったたってことなんでしょうね。だとしたら、部屋の借り主が犯人……だったりして。

思わずわくわくして、本来の借り主の名前を訊き出そうと身をのりだしたとき、表でココロちゃんが、

「いらっしゃいま……うえっ」

と言うのが聞こえ、同時にあのものすごいニオイが店の奥にまで漂ってきました。

瞳子さん。あれから一ヶ月、アコギさんはほとんど毎日のようにお弁当屋さんにやってきているそうです。そのつど、お客さんはダッシュでいなくなってしまい、商売あがったりもいいとこです。

目的がココロちゃんだってことははっきりしてるから、彼女のせいじゃなくても、このままじゃクビが危ないかも。

店長からかばってくれてた香坂さんも、最近はなにも言わなくなってきた。といって、わたしに香坂さんを責める資格なんかありません。だって、アコギさんを追い払えないのはわたしも同じなんです。

どうしよう。どうしたらいいでしょうか。

また、メールします。

＊　＊　＊

……ってことだったんだけど、わあ、ますますたいへんだ、ココロちゃん。

ぺんぺん草さん、どうしたらいいのかあたしにもわからないけど、とりあえず、このあいだ知り合った葉崎警察署の生活安全課の警部補さんに相談してみたらどうかな。怒鳴ったり脅迫したり、暴力をふるったりして借金の取り立てをするのは法律で禁止されているはず。まして、借り主以外のひとに迷惑かけるなんて許されないと思うよ。

もっとも、ニオイとなるとその法律が適用されるかわからないけど。わざと出してるニオイじゃなさそうだしね。

でも、その横須賀の大家さん、大沼田さんだっけ。そのひとのことは警察も捜してるんだろうから、相談してみる価値はありそうだよ。

ぺんぺん草さん、がんばって。ココロちゃんを守ってあげてね。応援してます。

ではここで七六・六メガヘルツ、葉崎ＦＭがニュースをお届けします。

神奈川県警と葉崎警察署は、先月九月二十日、葉崎山中腹で発見された白骨死体の身元を、二年前から行方のわからなくなっていた横須賀市内の男性と断定し、捜査を続けています。

警察の発表によりますと、遺体はバードウォッチングのグループに発見され、身元の特定が進められてきましたが、遺体の歯の治療痕から、二年前に失踪した大沼田浩二さん五十三歳と確認され……ひっ……ています。大沼田さんは、新国美術館絵画盗難事件の関係者と接触があったことがわかっており、警視庁が行方を追っていました……。

うっそ！

霜月

七六・六メガヘルツ、葉崎FMがお送りする〈町井瞳子のライトハウス・キーパー〉、お待ちどおさまでした。大反響「みんなの不幸」のコーナーです。最近、このコーナーのタイトル、「ココロちゃんの不幸」に変えて毎週やったらどうか、なんてご意見をいただいたりしてますが、どうなんでしょう。〈ココロちゃんのぺんぺん草〉さんに毎週メールをよこせ、ってわけにもいかないし、だいたいそれじゃココロちゃんの身がもたないのでは。

十一月に入って、葉崎も朝晩は少し肌寒くなってきています。先週、瞳子ねえさんは夏の間クリーニング屋さんに預けておいたダウンジャケットをとりに行きました。ダウンを着るまでまだあと一ヶ月以上あるとは思いますが、みなさんも冬支度について考える時期にきてますよね。木之内ディレクターのように、全身に脂肪を蓄えて冬支度ってのもどうかとは思うけど。

あ、にらんでやがる。

まあ、それはともかく、冬はビンボーの大敵だよね。瞳子ねえさんも大学時代は都内でひとり暮らしをしておりまして、ちょうどそのころ、親が病気になっちゃって仕送り減らされたのね。授業が終わったあと、十一時まで居酒屋でバイトして、そうなると銭湯も閉まってるし、夏なんか、朝早く近所の公園の水道で髪洗ってたよ。水道代を浮かせるために。

でも、寒くなってくるとそんなことできないでしょ。しょうがないからやかんにお湯沸かして流しで髪の毛洗ったりして。

で、そういう生活続けてると、カラダより心がまいってきちゃう。

もちろん当時だって、ねえさんよりももっとビンボーでバイトをいくつも掛け持ちしてるようなコはたくさんいたから文句は言えない。だけど要するに、寒くなってきたらココロちゃんだって、そんなにノー天気じゃいられないかもって話なのね。

今日はぺんぺん草さんからひと月ぶりにメールが来てまして、これ、あとでご紹介しますけど、別にココロちゃんに特化しなくても、面白い投稿はじゃんじゃん来てるんだよね。

本日、最初のお便りは、葉崎猫島海岸町のラジオネーム〈ＤＣのおなか〉さんから。

『昨年の夏のことです。わたしは当時つきあってた彼と、箱根にドライブに出かけました。新車を買ったばかりだった彼は、口をひらけば車のことばかりしゃべり倒し。わたしがソフトクリームを買って食べながら行こうよ、と言ったところ、ふざけんなよ、新車だぞこれ、とありえない返事をしてきます。しかも、運転中、突如として、ガソリン代から食事代まで経費はぜんぶわたし持ちにしろと言い出しました。』

あ、ひどい。出かけるまえにそう言われてたのならともかく、ドライブが始まってからそれはないよね。

『おかげで口論になって、車から降ろされ、箱根の山道の途中で置き去りにされました。強羅駅、という看板が出ていたので、そちらに向かって歩き出したんですが、これが超急勾配の上り坂。買ったばかりのサンダルが足に食い込むわ、息は苦しいわ、おまけに途中で雷が鳴り、稲光が走り、バケツの底が抜けたようなどしゃぶりになりました。一度、足をとられて転んだんだけど、坂が滝みたいになってるもんだから、冗談ぬきで溺れかけました。

　四十分くらいかけて駅にたどりついたけど、頭から足までどろどろで、電車でも座れずに葉崎まで一時間半、立ちっぱなしの注目浴びっぱなし。翌日、筋肉痛と夏風邪でダウンしました。

　追いうちをかけるように、しばらくして、家に刑事が訪ねてきました。聞けば、彼はあのあと、どっかで酒飲んで事故を起こし、飲酒運転で逮捕されたとか。しかもあのバカ、同乗してた女、つまりわたしにそそのかされて酒飲んだって、そう供述してるって言うんですよ！

　いろいろ事情を説明して、ようやく嘘だってわかってもらえましたけど、その話が知れ渡り、上司に呼び出されて会社にメーワクかけるなって説教されたり、保険会社だのバカの親だの、ワケわかんない連中につめよられたり。自分のせいでもないのに不幸がスパイラルで襲ってきちゃって、ヤケ食いで五キロ太りました。ココロちゃんほどじゃないけど、サイアクの夏でしたよ〜。

　ちなみに、バカの新車は事故でめっちゃめちゃになったそうです。』

……ひっひひひひ。あ、ごめん、笑っちゃマズイよね。ご愁傷さまでした。

ところで最近、アシスタントのサイトーくんとあたしは、不幸を表す単位を〈ココロ〉で表現しております。

「大好きなフルーツミックスサンドの最後の一個を、目の前でおっさんに買われてしまった〜」

「そんなのせいぜい一ココロっすね。オレなんか、朝シャワーを浴びてる最中に足が滑って、ケツにすんげえ青あざができたんすよ」

「それは五ココロってとこだね」

みたいな。

それでいったら〈DCのおなか〉さんの去年の夏は、三十五ココロくらいかな。

……え？　もっと上？

サイトーくんが五十ココロと申しております。コイツは女のコに弱いからな。でも五十はいきすぎ。あいだをとって、四十ココロ。いかがでしょうか。

それじゃ、ここでリクエストいっとこうか。〈DCのおなか〉さんからで、カルメン・マキ『時には母のない子のように』。どうぞ。

＊＊＊

葉崎FM〈町井瞳子のライトハウス・キーパー〉係
町井瞳子さま
ラジオネーム・ココロちゃんのぺんぺん草

最近、瞳子さんのラジオを聴くのがこわくなってきました。今度はいきなり横須賀の大家さんが白骨死体で見つかるなんて。想定外どころの騒ぎじゃありません。

実は、あの放送があった十月の半ば頃、ココロちゃんはついにお弁当屋さんをクビになってしまいました。

店長もココロちゃんの事情は知っていたし、香坂さんがかばっていたせいもあって、ずいぶん目をつぶっててくれたみたいですが、あのアコギさんが店の前に立っているだけで、うちの売り上げが落ちるどころか商店街全体からひとがいなくなってしまう。よその店からの抗議もあって、やめさせざるをえない、というのが店長の結論でした。

ココロちゃんはさすがにしょんぼりしてました。今回のことはココロちゃんのせいじゃない。アコギさんを追い払うべきなんです。

けど、そんなことできますか。クサイのはアコギさんのせいじゃないんだから。本人がそれを利用してるとしても、です。

だから、ココロちゃんをクビにした。そのほうがラクだから。

ひどい話ですよね。でも、わたしはなにも言えなかった。それに、このままだとわたしだってクビです。売り上げがなければ、バイトだっていらないんだから。

それからしばらく、わたしはものすごくへコんでました。引っ越し祝いとかお見舞いとかして、中途半端に友だちヅラして、ラジオのネタにして、でもいざというときにはさっさとココロちゃんを切り捨てて。

なんなんだ、わたし。

だから、白骨死体が横須賀の大家さんの大沼田浩二ってひとだとわかって、驚いたけど嬉しかった。これでアコギさんがココロちゃんにつきまとうこともなくなるだろうと思って、よく眠れました。でも、朝起きて、いろいろ考えて、さらにへコみました。

ひとが死んで、葉崎山に埋められてて、それ喜ぶって、サイテーですよね。

十一月最初の月曜日の放課後、お弁当屋さんにバイトに行くと、商店街はいつもの人通りに戻っていました。

ひょっとしたらクビ撤回されているかも、と思ったのに、お弁当屋さんにココロちゃんはいません。香坂さんに尋ねてみると、

「あのコには別のバイト紹介したから」

そっけなく言われました。

「どんなバイトですか」

「アンタが心配することじゃない。あのコの面倒はアタシがみるから、アンタは自分のことをしな」

わたしはなんだかおかしなキモチになりました。

そりゃ、香坂さんのほうがわたしよりココロちゃんと知り合ったのは早いわけだし、いろんなイミでココロちゃんの力になっているのは事実です。でも、そのときの香坂さんの口調は、わたしとココロちゃんをこれ以上会わせたくない、引っ込んでろ、そんなふうに聞こえたんです。

そこまで言われる筋合いはない、よなあ。

そう思ったけど、香坂さんは、なんていうか、シャッターが下りちゃった状態。しかたなくわたしは黙ってキャベツを刻んでいました。

その日の夕方、わたしより早く香坂さんは仕事を終えて帰っていきました。そのあとの十五分休憩で、パートの白川(しらかわ)さんの草津(くさつ)みやげで、めちゃめちゃおいしい花豆もなかをいただいていると、白川さんがぽつんと言いました。

「アンタ、あんまり香坂さんを刺激しないほうがいいかもしれないよ」

「どういうことですか」

「香坂さんって離婚したんだけど、そのとき子どもたちは三人ともダンナのほうについてっちゃったんだよ。以前は明るくて楽しいひとだったんだけど、それ以来、気むずかしい感じになっちゃってしばらくは誰とも口をきかなかった。半年くらい前から、なんか、サークルみたいなものに入ったとかで、いくらかマシになったんだけどさ」

「サークル?」

「いや、アタシはよく知らないけど。あのコとはそのサークル絡(がら)みで知り合ったってこともあって、ずいぶん目をかけてるみたいだし」

えっ、ちょっと待って。

香坂さんとココロちゃんって、七月に葉崎東海岸で起きたＵＦＯ騒ぎのときに知り合ったんじゃなかったっけ？

っていうか、将棋倒しになったとき、ココロちゃんが香坂さんの下敷きになったんでしたよね。

香坂さんが入ったサークルって、まさか、ホントにＵＦＯ研究会とかじゃないよね。

「香坂さん、あのコをアンタにとられたくないんじゃないかな」

白川さんはのんびり言い、わたしは花豆もなかを喉につまらせそうになりました。

「とるもとられるも、わたしたちはたんなる友だちで……」

「ま、若いアンタにはわかんないかもしれないけどさ」

白川さんはイミ不明のまとめをして、仕事に戻ってしまいました。

そんなことがあって、しばらく、わたしはココロちゃんには近寄りませんでした。ガッコでも文化の日の前後に文化祭があって、わたしは友人がやるライブの裏方を頼まれて、ちょっと忙しかったこともあって。

でも、それが一段落して、お弁当屋さんのバイトのあった日。店長からあまったお総菜をもらったら、急にココロちゃんの様子を見に行こうかという気になったんです。

香坂さんたちに見つからないように、こっそり〈葉崎湘南荘〉に寄ってみると、ちょうど、アパートの前に青いバンが停まったところでした。

青い車って、フツーはうすい水色とか紺とかをいうのだと思いますが、その車は絵の具の「あお」をそのまま塗りたくったような色。〈特殊清掃請負・スターブライトクリーニング〉と社名らしき名前が黄色い文字で書かれてあり、星がよだれを垂らしたみたいなマークがついています。

バンの扉が開いて、ココロちゃんが「お疲れさまでしたぁ」と言いながら飛び出してきました。そのままけつまずき、アパートの玄関でばったりと倒れます。あわてて助け起こしているあいだに、バンは走り去っていきました。

バンと同じ色のつなぎを着たココロちゃんは、例によってものすごく元気そうでした。

でもって、ニオう。アコギさんほどではないけど、かなりクサイ。

よくみると、つなぎはしみだらけだし、髪の毛になんだかどろどろしたものがへばりついています。

「香坂さんが紹介してくれたこのバイト、ものすごくお金になるんですぅ」

ココロちゃんはうす汚れた顔をこすりながら言いました。

「……ふうん、香坂さんが」

「香坂さんの知り合いがハウスクリーニングの会社やってるとかでぇ。お掃除は嫌いじゃないからやりたいって言ったんですぅ。働き始めて二週間になるんですけどぉ、けっこうやりがいがあるんですよぉ。たいへんな仕事だと、社長さんのお宅でお風呂にも入れてもらえるしぃ、ごはんも食べさせてもらえるしぃ」

ココロちゃんはなんだか誇らしげで、わたしはなんだかフクザツな気持ちになりました。

「ハウスクリーニングの仕事なんだ」

「ただのハウスクリーニングじゃないんですよぉ。ミゾグチさんのハナシでは、困ってるひとの役にもたつんですぅ」

よくよく聞いてみると、ミゾグチさんとは現場主任で、仕事はかなり特殊な清掃業でした。よくありますよね、独居老人が孤独死をして一ヶ月後に発見された、とか。そういう、通常の業者は引き受けないような部屋の後片づけをするらしい。

「今日は、ゴミ屋敷の片づけだったんですぅ。住んでたおばあさんが近所からゴミ集めてくるの、趣味だったとかで、もう、ゴミ袋でおうちが見えないほどだったんですよぉ。わたしも慣れてないから、なだれ落ちてきたゴミ袋に埋まっちゃってぇ」

さすがはココロちゃん。はずしません。

「今日は庭の片づけするんで精一杯でぇ、家の中は明日になりましたぁ」

「それで一日いくらくらいもらえるの？」

もらってきたお総菜をココロちゃんに渡したついでに訊いてみると、対象によって違うけど、今日みたいなたいへんな場所だと一日五千円なんですぅ、とのこと。

「えっ、五千円？」

「うん、すごいでしょ。見せてあげる」

ココロちゃんは大いばりでつなぎのポケットに手を入れました。

……すごくない。

わたしも経験があるわけじゃないけど、そういう特殊な肉体労働って、もっとたくさんお金がもらえるものですよね。最低でも一万円くらいはもらえそうな気がする。

お弁当屋さんで、放課後四時間バイトして、三千円以上もらえるのに、丸一日ハードなお掃除して、たったの五千円って、なに。

「あのさあ、ココロちゃん」

まさかとは思うけど、その現場主任のミゾグチさんってのに上前(うわまえ)はねられてるんじゃないの。

そうあからさまに訊くわけにもいかないし、どんなふうに切り出そうか。そう悩みながら、わたしはココロちゃんがさしだしたものを受け取りました。

「これなに？」

「本日のわたしの稼ぎなんですぅ」

「……使い捨てのマスクが？」

「あれ、あれぇ？」

ココロちゃんのチワワのような目が、いちだんと大きくなりました。

「わあ、わたし、マスク捨てたんですよぉ。どうしてここにあるんでしょぉ」

どうしてもへったくれもない、っていうのは、うちのおばあちゃんの口癖なんですが。わたしもそんな気分になりました。

「マスクはどこに捨てたの？」

「ゴミ屋敷のおばあさんちのゴミ箱ですぅ」

ゴミ屋敷にもゴミ箱があるのか。なんて疑問はさておき、わたしはココロちゃんをせかして場所を訊き出し、チャリの荷台にココロちゃんを乗っけて走り出しました。

問題のゴミ屋敷は葉崎中央町のはずれ、葉崎山近くにありました。

「あの家なんですぅ」

ショックのあまり、ずっと荷台で泣きじゃくっていたココロちゃんですが、ようやく落ちついてきたらしく、山を背にした建物を指さしました。遠目にはこじゃれた洋館風、でもそちらから吹く風には、うろんなニオイがまじっている感じ。

坂道になったので、わたしたちはチャリを降りました。驚いたことに、ゴミ屋敷の前の道には警察車両とおぼしき車が十台ちかく停まっていて、いかにも鑑識っぽいひととか、いかにも刑事っぽいひとなどがうろうろしているではありませんか。その周囲には野次馬と報道関係者らしきひとたちの姿も見えます。そのひとたちが、急にざわめきだしました。

ゴミ屋敷の脇の道には〈葉崎山入口〉と書かれた看板が立っているのですが、その脇道から刑事さんらしき一団が出てくるところでした。それと同時に、覚えのあるニオイが漂いはじめたんです。

ケータイをふりあげて写真を撮ろうとしていた野次馬があっというまにいなくなり、すっかり見晴らしがよくなりました。

刑事さんの一団の中心にいたのは、あのアコギさんこと阿古喜一朗でした。手錠をかけられたアコギさんはうつむいていましたが、一瞬、顔をあげてこちらを見ました。ココロちゃんをにらみつけるようにして、手錠をはめた手をふりあげたと思ったら、またうなだれてしまいます。

結局、アコギさんはあのとんでもないニオイをふりまきつつ、刑事さんにうながされるようにして警察車両に乗り込んでいきました。

窓全開で走り去る警察車両を見送って、わたしはあぜんとしていました。

「なにあれ。なんでアコギさんが？」

「ジッキョーケンブンじゃないですかぁ」

ココロちゃんがのどかに言いました。

「横須賀の大家さん葉崎山に埋めたの、アコギさんだったみたいなんですぅ」

「えっ、そうなの？」

「葉崎署のフタムラさんに教えてもらいましたぁ。アコギさんが大家さんを車に閉じこめて、金返せって言ってたら、大家さん心臓発作で倒れちゃったらしいんですぅ。自分のせいだってバレるのがイヤで、死体を葉崎山に運んで埋めたって、キョージュツしてるらしいんですよぉ」

なんだそれ。だったらココロちゃんのまわりをうろうろするイミないですよね。でも、あとでよく考えてみたら、大沼田さんを必死に捜してます、というポーズをとっておけば、疑われないと思ったのかも。よく新聞とかに載ってますよね、そういうあんまり効果のない偽装工作する犯罪者って。

葉崎山で白骨死体が見つかって、ココロちゃんのアパートから「本物じゃない絵」が出てきて。仮に、絵画窃盗を横須賀の大家さんに手伝わせようとした——結局、大家さんはそれをココロちゃんに押しつけたわけだけど——のがアコギさんだったとしたら、警察の目をくらますために、いまさら捜し回るふりをした、のかもしれません。

考えてみたら、本気で大家さんを見つけたいなら、一ヶ月近くものあいだココロちゃんにへばりついてたの、おかしいですもんね。

さすがにそんな小細工では、警察は騙されなかった、ってことなんでしょう。

誰もいなくなったので、わたしたちはゴミ屋敷の門をあけ、中に入りました。庭はほとんど片づけたと言っていたけど、まだまだ、空き缶だのビニール袋だのが散乱していてひどいありさまです。

庭の片隅に青いポリタンクがあって、ココロちゃんは近寄っていってフタを持ち上げ、

「ありましたぁ！」

嬉しそうに叫んで中からなにかを取り出しました。たぶん……茶封筒なんだろう、バイト代が入ってるんだから。でも、どろどろの液体まみれで、よくわからない。

「よかったぁ。これがないと、今月のお家賃払えなくなるとこでしたぁ。見ます？五千円です、すごいんですよぉ」

ココロちゃんが封筒らしきものを開けて、五千円札らしきものをぬるっと取り出し、ふって見せます。わたしは可能なかぎりあとずさりして、よかったね、急いで帰らなくちゃ、またね、と口のなかで言って、チャリにまたがりました。ココロちゃんが、

「ありがとうございましたぁ」

と嬉しそうに叫んでいる声を背中に聞きながら、思いっきりチャリをこいで、そ

の場から逃げ出したのでした。

瞳子さん。わたしはちょっとこわくなってきたんです。

あの、べとべとのお札をさわるのがイヤだった、っていうのもありますけど、それだけじゃなくって。

十五歳のココロちゃんが働かされていたスナックはつぶれ、カジノには強制捜査が入り、母親の行きつけのパチンコ店で火事が起きた。大麻栽培の手伝いをさせていた親子も逮捕され、絵画窃盗団の一味かもしれない荒垣義春はガス中毒、横須賀の大家こと大沼田浩二は白骨死体、でもってアコギさんも旧悪がばれて逮捕。なんか、ココロちゃんに悪いことしたヤツって、みんな、えらいことになってませんか。

それとも、これってたんなる偶然でしょうか。

また、メールします。

＊＊＊

ディレクターズ・カット版でお送りした今月のココロちゃん。いかがでしたか。いや、ますますたいへんって感じです。

〈ココロちゃんのぺんぺん草〉さんの言いたいこともわかるけど、べつにこわがることないいんじゃない？　あなたはココロちゃんの味方だもん。ちゃんと助けてあげてるんだし、えらいと思う。うちのアシスタント・サイトーくんも、最近じゃココロちゃんよりぺんぺん草さんのファンになりつつあります。

あ、照れてやんの。

え？　違う？　ああ、はいはい、わかりました。ちょうど時間となりました。ぺんぺん草さん、続報、楽しみにしてますね。

それではここで七六・六メガヘルツ、葉崎ＦＭがニュースをお伝えします。

本日午後三時すぎ、葉崎市葉崎中央町にある民家で事故があり、複数のケガ人が出ましたが、うち男性ひとりが意識不明の重体です。

本日、清掃会社が葉崎中央町にある民家の片づけをしていたところ、積み上げられたゴミの重みで床が落ち、作業員数人が巻き込まれました。この家はゴミ屋敷として知られ、近隣住民の要請で、葉崎市が特殊清掃請負業スターブライトクリーニング社……ん？……に依頼し、片づけをしている最中だったということです。作業員のうち、男性ふたりと女性ひとりは軽傷でしたが、一階にいた現場主任の溝口（みぞぐち）保（たもつ）さん四十三歳が、倒壊した家屋に生き埋めとなり、二時間後に助け出されましたが意識不明の重体……。

ひゃーっ！

師走

七六・六メガヘルツ、葉崎ＦＭがお送りする〈町井瞳子のライトハウス・キーパー〉、みなさんお待ちかね、「みんなの不幸」のコーナーを始めましょう——って、その前に。

昨日はびっくりしたひと多かったんじゃないでしょうか。なんせ、常春(とこはる)といわれてるこの葉崎に初雪が降ったんだもん。

ほんの一瞬、はらはらっと舞っただけだったから、気づかずにニュースで知ったとか、瞳子ねえさんみたいに仕事中窓の外を見て、

「ん？　雨？　雪？　なに？」

とぼんやりしてるうちにやんじゃったとかいうひともいるんでしょうね。

気象庁によれば、観測が始まった昭和二十三年以降、十二月に葉崎に降雪があったのは初めてだそうです。願わくば、イブあたりにもう一度、はらはら来てほしいものですね。

って言っても、瞳子ねえさんのクリスマスは毎年お仕事。今年も二十四日の午後五時からクリスマス当日の朝五時まで、十二時間ぶっ通しで〈町井瞳子のクリスマス・セイバー〉やりますからね。デートもパーティーもなんの予定もないぜ！　というあなた。コンビニでひとり鍋と、ワインのミニボトルと、ケーキ買って、チャンネルを葉崎ＦＭにあわせてくださいね。瞳子ねえさんはあなたたちのために、声がかれるまでしゃべり倒します。お楽しみに。

さてさて、では「みんなの不幸」ですが、今日はまたひと月ぶりに〈ココロちゃんのぺんぺん草〉さんからのメールをちょうだいしてます。

おかげさまで、このメール紹介の直後にかぎり、町井瞳子が絶叫するのは大目に見よう、という空気が広がっておりまして。先月も木之内ディレクターとわたくし、例によってお詫び行脚に出たわけでありますが、全員から「もういいよ」と手を振られてしまいました。いやあ、この番組の関係者のみなさま、どなたも大物でらっしゃる。

あきれはてて、口をきくのもイヤになったんじゃないか、という説もありますが、そうじゃない証拠に、さるスポンサーの担当者の方から、直筆の投稿をいただきました。ご紹介させていただきましょう。

ラジオネーム〈葉崎医大付属病院で処方箋を受け取ったら、信頼のフネ・ドラッグ医大前店へどうぞ〉さんです。

えっ、これラジオネーム？

『昨年の夏のことです。私は車を買いました。朝早く起きてみがき、帰宅したら食事もそこそこにドライブ。シートからビニールをはずせないほど大事にしていました。すると、当時つきあっていた彼女が、どうしてもその新車でドライブに行きたいと言い出したんです。ドライブするとき助手席に乗せてくれるだけでいいから、と言われ、しぶしぶOKしました。

迎えに行くと、彼女はいきなり「こんなものまだつけてんの」と言って、ビニールをとってしまいました。あげく、箱根に行けだの、せっかくの小旅行なんだからソフトクリームが食べたいだの、わがまま放題です。』

あれ。なんか、どっかで聞いたような話だね。

『この車は、八年もの間、昼食代を節約し、遊びに行くのも控えつつ、ようやく貯めたお金で手に入れたんです。にもかかわらず彼女は最初の約束なんか忘れたよう。やたら指図するうえ、途中で車を停めさせ、おやつだのビールだの弁当だのを買いこんできて、「アンタも食べれば」とか言いながら、がつがつ食べています。運転中にビールなんか飲めるわけないだろ、と言うと、

「ノンアルコールビールなんだから平気でしょ、男のくせに細かいのよアンタは」と騒ぐ。みたらし団子のたれがシートに垂れた段階で、私の我慢も限界となり、彼女を車からたたき出してやりました。

興奮状態で運転するのはマズイと思い、しばらく走ったところで車を停め、助手席に彼女が残していったノンアルコールビールを飲んで気持ちをしずめました。それからまた走り出したんですが、急に眠気が襲ってきて、気がついたらICUでいろんな器械につながれてました。

あとでわかったことですが、彼女がくれたのはノンアルコールビールじゃなくて、低アルコールビールでした。アルコールに弱い私はそれですっかり酔っぱらってしまい、事故を起こしたというわけです。新車はめちゃめちゃにつぶれ、私は二ヶ月も入院するケガを負い、でも飲酒運転だから保険はおりない、ノンアルコールと偽った彼女は嘘八百つきまくって責任逃れ。ホントに最悪の夏でした。

唯一の救いは、入院中に車マニアの薬剤師と知り合ったこと。この新しい彼女とは、もうすぐ結婚する予定です。』

って、おい。不幸じゃないじゃん。幸せじゃん。

みんなで不幸を語り傷をなめあおうというコーナーに、幸せを持ち込むなよな。車マニアで薬剤師って、薬屋さん勤務の担当者とはめちゃくちゃお似合い。ああ、なんかもうイヤになっちゃうな。どーせコイツら、今年のクリスマスに葉崎ＦＭなんか聴いてないんだよ。

ま、いっか。ラジオネーム〈葉崎医大付属病院で処方箋を受け取ったら、信頼のフネ・ドラッグ医大前店へどうぞ〉さん。ご結婚おめでとうございます。お幸せに。あ、でも万一、不幸になったらいつでもまた投稿してくださいね、お待ちしてま～す。あはは。

ささてさて、ココロちゃんファンのみなさん。ゴミ屋敷崩壊後のココロちゃんについて、さぞ知りたがっておいでのことでしょうが、ココロちゃんの登場はもうちょっと先です。今日はご紹介したい不幸が他にももりだくさん。

それにねえ。実は今回のメール、面白すぎちゃってねぇ。放送していいのかどうか、困っちゃいまして。

ディレクターズ・カット版どころか、あらすじ紹介になっちゃいそうなんだわ。

ごめんね。

あ、でも、番組は最後までお楽しみくださいね。

ではここで、リクエスト曲いきましょうか。葉崎東高校のラジオネーム〈エドガー・ショー〉さんからで、ちあきなおみの『喝采』です。どうぞ。

＊　＊　＊

葉崎ＦＭ〈町井瞳子のライトハウス・キーパー〉係
町井瞳子さま
ラジオネーム・ココロちゃんのぺんぺん草

瞳子さん、「好奇心、猫を殺す」ってことわざがあるそうですね。

ココロちゃんに近づくのは、やっぱりちょっとこわい。でもこわいもの見たさってこともある。

　前回の放送の翌日の朝、わたしは朝ごはんもそこそこにココロちゃんのアパートに行きました。腕に包帯を巻き、おでこには絆創膏が貼られてましたけど、ココロちゃんはあいかわらず元気いっぱい。

「びっくりしましたよぉ。どかん、って音がしたと思ったら、家が急にぐらぐらっと揺れて。ついに大地震がきたのかと思っちゃいましたぁ」

　聞けば、五千円を捜しにいった週末、スターブライトクリーニング社の作業員たちは、まずはミニタイプのブルドーザーを使って一階入り口付近の片づけをすませた。それからココロちゃんはマカベさんという先輩とふたり、二階のいちばん奥の部屋に入っていき、別の作業員が階段の上に陣取った。でもって、溝口さんはミニブルを使ってひとりで一階を担当、という布陣になっていたわけですね。

　そしたら二階が中央部分から崩れ落ちちゃった。二階にいたみんなはゆっくり落ちたからたいしたケガもせずにすんだけど、下にいた溝口さんは生き埋めになり、救出されるまで二時間近くもかかったそうです。

「ものすごかったですよぉ。なにしろゴミ屋敷でしょ。ゴキブリとかネズミとかカラスとか、そんなのがいっぱい群がってるなかから、溝口さんが助け出されたんですけど、なんだか、地獄の魔王みたいでしたぁ」

と、ココロちゃん、意外とひどいことを言います。

「市役所の担当者が、葉崎市は治療費は出さないって言いに来たんですけどぉ。そのとき、こういう危険な仕事だからひとり二万五千円払ってるんだって言ったんですぅ」

……やっぱり。

「マカベ先輩たちもびっくりしてぇ、八千円しかもらってないって言ってましたぁ」

って、ココロちゃんはそれよりさらに三千円まきあげられてるし。

管理するひとたちがたいして働きもせず中間搾取して、現場で汗水垂らして働く人間は奴隷並みだって、こないだうちの父親がくだ巻いてましたけど、報酬の五分の四持ってかれるって、ちょっとひどくないですか。

その社長ってひとは、いったいなにやってるんだか。

そう言うと、ココロちゃんは、

「あ、違いますぅ。社長さんは三千円のこと、知らなかったんですぅ。溝口さんが勝手にやったことだ、悪かったって、直接八千円くれましたぁ。治療費も保険でおりたし、これもくれたし、だからいいんですけどぉ」

と得意げにケータイを出してみせました。いや、二万五千円が八千円になってるだけでも、よくないいって思うんだけど。

ココロちゃんは目をまん丸くしました。

「あ、でもぉ。香坂さんが言ってましたぁ。社長さんたちにはすごく大切な役割があって、そのためにはわたしなんかよりずっとお金が必要なんだって。社長さんも溝口さんも、ずいぶん犠牲を払ってるんだって言ってましたぁ」

なんだそれ。

とは思いましたが、これ以上ツッコむと、まわりまわってその仕事を紹介した香坂さんの悪口になっちゃいそうなので、わたしは話を変えました。

「それじゃ、このまま働くんだ」

「もちろんですよぉ。いいでしょ？」

いいのかどうか、わたしにはわかりません。家の床が抜けるなんて現場はめったにないでしょうけど、キケンですよねこの仕事。しかもその上前をはねるなんて、スターブライトクリーニングって会社、大丈夫なのか。

とはいえ、ココロちゃんは嬉しそうでした。

「今週はお休みなんですけどぉ。来月は崩れたゴミ屋敷の撤去を手伝うって予定も入ってるんですぅ。いっそ壊れてくれてよかったたって、市役所のひとが口をすべらしてましたぁ。なんでも、おばあさんが不動産は市に寄贈するって遺言を遺して死んで、文句つける相続人もいないから、いずれあの場所は葉崎市のものになるらしいんですけど、建物を取り壊すとなったら、別の予算を組まなくちゃならなくてメンドーだって。でもハデに壊れてくれたから、もう撤去するしかないってことでしたぁ」

ゴミさえなくなれば風情のある洋館だったんだし、なんだかもったいないな、とわたしは思いました。で、期末試験が終わったあと、学校からの帰宅途中、チャリこいでゴミ屋敷跡を見に行ったんです。

洋館はかろうじてこちら側の壁だけが立っているような状態でした。三角形の屋根で、玄関上にはステンドグラス風の丸い窓がついています。ちょっと、長崎(ながさき)とか函館(はこだて)とかの教会みたい。

この日は寒くて、昼間なのに吐く息が白い。まだ撤去作業が始まっていないらしく、鑑識らしいひとたちが数人、屋敷跡でなにやら写真を撮っています。事故から二週間以上たって、今ごろなにやってるんだろう。気にはなりましたが、訊いたって教えてもらえるわけじゃなし。

　風がますます冷たくなってきて、そこにいるのがバカバカしくなってきたとき、ふと、フタムラ警部補の姿を見つけました。フタムラさんは機材を抱えた若い男のひとと話しているようでしたが、わたしに気づいて近寄ってきました。

「アンタの友だち、また事故に巻き込まれたんだって？　タイクツしないヤツだねえ」

「はあ」

「アンタもあれ？　スターブライトクリーニング社のことは聞いてんの？」

　バイト代をずいぶんピンハネされてるらしいって話をすると、フタムラ警部補は顔をしかめて、

「他でもそういう話は聞いたけど、あんなコからもそんなにまきあげるなんてねえ。男ってのはホントにバカな生き物だわ」

「はあ……」

「溝口主任が意識を取り戻してくれれば、もうちょっとツッコんだ話ができるんだけどね。よっぽどひどく頭打ったらしくて、ほとんど植物状態なんだよね。自業自得なのかもしれないけどさ。ま、保険金はたっぷりおりたろうから入院費には困ら

ないけど、それじゃおいしくはないもんねえ」

　なんの話かさっぱりわからない。話題を変えるために、質問してみました。

「あの、家はやっぱりゴミの重みで壊れたんですか」

「え？　なんでそんなこと訊くの」

「だって、事故からずいぶんたつのに、今ごろ鑑識が入ってるし、どうしてかなあと思って。事故、なんですよね」

　フタムラさんは一瞬、深刻な顔つきになりました。

「それが、そうとばかりも言い切れないみたいでさあ。全体を支える一階の柱数本に切れ込みが入ってたらしいよ」

「え、それって欠陥住宅ってことですか」

「だといいねえ」

　フタムラさんは誰かに呼ばれて行ってしまい、わたしは考え込みました。欠陥住宅じゃないんなら、わざと柱を切ったひとがいたってことかい。

　こわ。

「キミの友だち、こないだの事故に巻き込まれたんだって？」

わたしは飛び上がりました。フタムラさんとしゃべっていた若い男が、突然話しかけてきたんです。

「あ、え、はい。でもたいしたケガでもな……」

「ラッキーだったよね。あ、オレ、ニシジマっていうの。柱が故意に切られてたらしいって聞いた？　てことはあれも事故じゃなくて、仕組まれてたってことになるよね。なにが目的かな。ジャマな家を一刻も早く取り壊してほしかった。とすれば容疑者は葉崎市役所の役人か、ゴミ屋敷にうんざりしてた近所のひとってことになるよね。ゴミがなくなっても空き家のままだと、バカな中学生とかが肝試しに来たり、落書きしたり、廃墟マニアがやってきたり、ろくなことにはなんないだろうから。でしょ？」

ニシジマさんは、ものすごい勢いでしゃべり続けています。

「でも、仮に誰かが家を故意に壊そうとしてたとして、それで偶然、清掃会社のひとたちがケガしたんだとしたら、災難だよね。大ケガしたひと、溝口さんだっけ、まだ意識が戻らないんだってね。だとしたら軽く八十ココロはいくよね」

「……はい？」

「あ、ほら、葉崎ＦＭで土曜日にやってる番組、知らない？〈町井瞳子のライトハウス・キーパー〉で、不幸をココロって単位で表現するって話が出てただろ。面白いから乗っかってんだ、オレも。キミも葉崎のロコなら知ってるよね」

「……ええ、まあ」

「けど、ことによると違うかも。誰かが溝口さんを殺そうとして、家に仕掛けをしといたのかも。または清掃員全員を狙ったのかも。だって、毎日ゴミの片づけに来てたわけだから、清掃員が出入りしてたのわかってたはずだもんな。問題は動機だよな、柱を切っておくってあんまり確実じゃない殺し方だよね。死んでくれればいいけど、死ななくてもまあいいか、みたいなやり口だよね。あっ、あれ見てよ」

屋敷の玄関から、鑑識さんがビニール袋をいくつか持って出てきました。ビニール袋に入っているのはノコギリと、それからロープのようでした。


わたしは木枯らしに逆らってチャリこいで、〈葉崎湘南荘〉に向かいました。ココロちゃんは部屋にいて、七輪でなにやら料理をしているところでしたが、ぽかんとした顔でわたしを見ました。

「え、保険ですかぁ。バイト始めるまえに入りましたよぉ。この仕事はキケンがつきものだからみんな入ってるって社長さんに言われましてぇ。掛け金は会社が払うってことだったし、サインしたんですけどぉ」

「それって傷害保険なの？」

「ううん、生命保険ですぅ。生命保険だけど、ケガや病気の治療費も出るんですよぉ。便利ですよねぇ」

うっわー。

いくら危険な仕事だからって、なんで会社がバイトを生命保険に加入させるんだか。しかも保険料会社持ちで。

ねえ、瞳子さん。これって、おかしいですよね。

「もしかして、社長の奥さんが保険会社の外交員やってる、とか？」

「社長の奥さん、一年くらい前に亡くなったって聞いてますぅ。社長の家ってすんごい豪邸で、その自宅の階段から落ちたんだそうですよぉ。で、社長さん、いまは若い女のひとと一緒に住んでるんですぅ。でもそのひとは働いてなくて、こないだ社長のおうちでお風呂借りたとき、ずっと二階でお経唱えてましたぁ」

「お経！」

こわすぎる。

「そういえば、溝口さんの奥さんも半年くらい前に亡くなったんですってぇ。奥さんも溝口さんと一緒に働いてたらしいですけどぉ、掃除中になにかに感染して、病気になったんですってぇ。それに、二ヶ月前にも作業員がひとり死んだって、マカベ先輩が」

死人だらけじゃないですか。

もし、そのひとたち全員に生命保険かけてたんなら、ピンハネ以上に社長はもうけまくってるってことになるのかも。

それに、だとすると、ひょっとして。

溝口さんが社長に頼まれて、ココロちゃんや他の作業員たちを事故に見せかけて死なせるために柱に切り込みを入れ、ロープを巻き、ミニブルでそのロープを外から引っ張って柱を倒し、家を崩すつもりだった……とか。

なのに、うっかり自分がなかにいる間に家が崩れちゃった——なんてこと、考えられませんか。

こわいこと、考えすぎかなあ。

「ココロちゃん、あのさ」

どう説明しようかと考えたあげく、わたしは切り出しました。ココロちゃんは一心不乱に鍋を凝視しています。

「なんですかぁ？」

「あのね、ココロちゃん……って、なんで煙が出てんの？」

七輪から煙がもくもくと立ち上り始め、焦げ臭いニオイにわたしは飛び上がりました。ココロちゃんは鍋のフタを開け、

「あ、お水がなくなってる」

と叫び、鍋を七輪から持ち上げた、次の瞬間。

ばんばんばんっ、と小規模の爆発音が立て続けにして、小石くらいのものが部屋中に飛び交いました。

とっさに床に伏せ、ばんっどかん、どっすんというものすごい音がやんで、しばらくしてからこわごわ顔を起こしてみると、ココロちゃんは茫然と鍋を握って立っています。鍋はもののみごとに真っ黒焦げで、壁や天井、ふすまといった部屋のあちこちに穴があき、その穴からも薄く煙が立ち上っていました。

「……栗」

ココロちゃんは言いました。

「ゆでてたんですけどぉ。鍋に水入れるの、忘れちゃったみたいでぇ」

忘れるかっ。てか、なんで真冬に栗なんかゆでてるんだ。

「社長にもらったんですぅ。庭でとれた栗だけど、おいしいからゆでて食べてみろってぇ」

で、結果的に焼いてしまったため、栗が爆発して部屋中にちらばってしまったらしい。ココロちゃんはサルカニ合戦を知らないのでしょうか。

「……あれ？」

まだ半ば茫然としているココロちゃんの視線をたどってみると、廊下にひとが寝ています。ココロちゃんの部屋、狭いし他に住人もいないから、扉あけっぱなしにしてたんですね、わたしが。

あわてて駆け寄ると、廊下に中年の男性が仰向けに倒れて気絶しています。おでこに丸く黒い跡がついているところをみると、栗の直撃を額にくらったらしい。鍋を握ったまま出てきたココロちゃんが、男の顔をのぞきこんで言いました。

「あれ、社長だぁ。なんでこんなとこで寝てるんですかぁ？」

瞳子さん。今回はオチを間近で見ちゃったって感じです。幸い、救急車が到着するころには、社長も気がついて、たいしたことにはならずにすんだんですけど。

もしココロちゃんに対して、なにかよからぬことをたくらんでいるのなら、ご本人のためにも、とっととやめていただきたいです、マジで。

ていうか、わたしが直接、教えてあげるべきなんでしょうか。悩んでいるところです。

また、メールします。アシスタントの齋藤さんにもよろしく。

＊＊＊

ってことで、今週のココロちゃんメールは、あらすじのご紹介でした。

うーん、ぺんぺん草さんの考えがあたってるんだったら、これってれっきとした犯罪だし、ヘタに本人に言うより、警察に相談したほうがいいかもね。

ていうか、考えすぎかもしれないよね。なにしろ、ゴミ屋敷崩壊が故意に引き起こされたってのは、ぺんぺん草さんの考えっていうより、ニシジマさんだっけ、うちの番組にはずいぶん詳しいみたいだけど、そのひとにふきこまれたようなものじゃない？　警察もちゃんと調べてるみたいだから、とりあえず見守るだけでいいと思う。

あ、それから、ぺんぺん草さん。あなたのファンのアシスタントのサイトーくんですが、彼は齋藤くんじゃないの。幸せな人と書いて幸人、サイトくんなんだわ。サイトじゃ呼びづらいんで、ふだんサイトーって伸ばしてるんだよね。なにしろ職場に、同じニシジマって名字のおえらいさんがいるもんで、そちらは西島さん、西島幸人のほうはサイトーくんって呼ばれてて……。

サイトー、あんたまさか！

睦　月

ココロちゃんのぺんぺん草さま
葉崎ＦＭ〈町井瞳子のライトハウス・キーパー〉より

あけましておめでとうございます。町井瞳子です。

はじめてメールします。いつもココロちゃんの投稿、ありがとう。

本来、あたしから視聴者の方に連絡をとったりはしないんですけど、どうしても気になってしまって、メールしてみることにしました。


昨年末は、ニシジマサイトーの正体が暴かれてしまうという事態になってしまい、いやはや申し訳ございませんでした。抗議メールが殺到しましてですね、瞳子ねえさんも木之内ディレクターも真っ青。

サイトー本人は、だって、まさか彼女がぺんぺん草ちゃんだなんて思わなかった、フタムラ警部補の知り合いみたいだったから話しかけただけだ、ってことでなんの反省もしておりませんのですが。

でも、ぺんぺん草さんからのメール読んだ時点で、あ、このニシジマってオレのことだ、って気づくよね。

その段階で申し出てれば、放送しなくってもすんだじゃん。

なんて思われるかもしれないけど、運悪くそのときサイトーは、ぺんぺん草さんのメールに直接目を通すヒマがなかったんです。

ぺんぺん草さんには、たいへんご迷惑をおかけいたしました。ここに、あらためてお詫びいたします。

本人も悪気があってやったことではなく、まあ、ゴミ屋敷崩壊をさながら仕組まれたことのように吹いちゃったのは大問題ですが、結果的にそれ、まんざらデタラメでもなかったわけだし。

もう知ってると思うけど、ゴミ屋敷——正確には、亡くなられた朝倉（あさくら）ハルさんのお屋敷だったわけですが——が崩壊したのは、入院中の溝口保現場主任が故意に仕組んだことだ、という線が濃厚になって、清掃会社の北史生（きたふみお）社長が葉崎警察署で事情を訊かれているそうですね。一部ワイドショーなどでは、従業員の生命保険金だの、社長の前夫人や溝口夫人の死についてだの、あれこれ取りざたされてるみたいだし。

もっとも、かんじんの溝口主任そのひとは葉崎医大付属病院のＩＣＵで意識不明のままだから、この事件がどこまで解明されるのかわかりませんけどね。

ぺんぺん草さん。もう、投稿メールはたくさんだ、と思っているかもしれません。ココロちゃんはどんどんややこしいことになってるみたいだし。でも、放送するかどうかはともかくとして、個人的にココロちゃんの行く末が心配です。よかったら、メールください。放送はＮＧってことなら、それでもいいんで。

お待ちしてます。

＊　＊　＊

葉崎ＦＭ〈町井瞳子のライトハウス・キーパー〉係
町井瞳子さま

ラジオネーム・ココロちゃんのぺんぺん草

遅まきながら、あけましておめでとうございます。瞳子さん、メールをありがとうございました。

前回は、ホントにびっくりでした。あのニシジマさんがアシスタントのサイトーさんだったなんて、世の中って狭いんですね。正直、いろいろ疑っちゃいましたし、投稿はやめるつもりです。サイトーさんのせいだけじゃなくて、ココロちゃんについて公共の電波で流すのはやめたほうがいいんじゃないかと思ってます。

前回のメールでお知らせしたとおり、〈スターブライトクリーニング社〉の社長さんが、なぜかアパートにココロちゃんを訪ねてきて災難に巻き込まれました。ふらふらしながらも自力で救急車に乗り込んだくらいだから、たいしたことなかったみたいですけど。それよりこっちは、部屋中の栗を片づけ、ふすまや壁や天井にあいた穴にガムテープ貼ったりするほうがたいへんだったんです。

なのに、あれから数日後、お弁当屋さんのバイトを終えて帰ろうとしていると、香坂さんに呼び止められました。

「いちおうアンタにも知らせておくけどさ。〈葉崎湘南荘〉の大家がさ、もうあのコ置いとけないって言ってるんだよね」

わたしは仰天しました。

「えっ。それって、ココロちゃんを追い出すってことですか。なんで。家賃はちゃんと払ってるんですよね」

「しかたないだろ」

香坂さんはため息をつきました。

「例の一酸化炭素中毒事件で、大家の腰がかなり引けてたからねえ。それをなんとか拝み倒したのに、また救急車が来たんだから」

他に店子がいるならともかく、いまや廃墟みたいなアパートなんだし、救急車が来ようが霊柩車が来ようがいいではないか。

ていうか、他に借り手もいないからって、あのとき許してもらったはずですよね。

ただまあ、一酸化炭素中毒事件のとき、大家さんも警察や消防から事情を訊かれたはずです。おまけに数少ない店子を失うことにもなった。二度も騒ぎを起こしたんですから、確かにメーワクではある。部屋中に穴をあけちゃったこともあるし。

「それに、あのアパートをまるごと借りたいって話がいよいよ本格化してね。年明けにはリフォームを始めるんだっていうんだよ」

そういえば香坂さん、前にもそんなことを言ってたなあ、と思い出しました。けど、いったいどんな物好きが。

〈葉崎湘南荘〉って名前だけはリッパだけど、たんなる中古の汚い建物だし。あと十年たったらレトロな味わいになるのかもしれませんけど、いまのところ、湿気てて、カビくさくて、天井のあちこちにおねしょのしみみたいなものがあり、砂壁がはがれ、共同トイレのニオイが玄関先にまで漂ってきている、という物件です。場所は葉崎東銀座の裏だから駅には近いけど、横葉線という横浜と葉崎をつなぐ盲腸線の終点という葉崎の場合、駅近にたいしたメリットはありません。

「大家さんにしてみればおいしい話だから、この際、あのコには出て行ってもらって、そっちに貸したい、という意向なんだわ」

バイト先があんなで、今度は住むところが。ココロちゃんの不幸には際限がないのでしょうか。

「それで、いつまでに出てけってことになってるんですか」

「だから年内には、だよ」

「そんなあ」

あと一週間もないっていうのに。

香坂さんはしばらく黙っていましたが、やがて言いました。

「あのコの落ち着き先はちゃんと用意してあるから、心配しなくてもいいよ。いまの職場にいるかぎり、収入はあるわけだし」

「でも、スターブライトクリーニング社って、社員やバイトに生命保険かけてるって噂ですよね。で、何人も死人が出てるっていうし、ココロちゃんにもかかってるって話だし……」

「誰が言ったんだ、そんな無責任な噂」

ものすごい剣幕で怒鳴られて、わたしはすくみあがりました。気がつくと、他のバイトのひとたちや店長がびっくりしたようにこっちを見ています。

香坂さんはわたしをにらみつけながら、深呼吸をしました。

「いい加減な噂話をまき散らしたりしたら、アタシがただじゃおかないよ。それからあのコにも二度と面白半分に近づいたりしないどくれ。アンタの魂胆はわかってんだ。アタシだって葉崎ＦＭは聴いてるんだからね。いいかい、あのコには近づくな。わかったね」

わたしがココロちゃんとつきあうかどうかなんて、香坂さんにとやかく言われるようなことじゃないんだけど。

でも結局、ココロちゃんを助けてるのは香坂さんであって、わたしじゃない。それに、考えてみればココロちゃんにスターブライトクリーニング社を紹介したのは香坂さんなわけで、知り合いの悪口を言われたんだから腹をたてるのもムリはない。おまけにココロちゃんのことを投稿のネタにしちゃってるのは事実だし。

暗い気持ちでバイト先を出ると、しばらくして、背後から声をかけられました。同じお弁当屋さんで働くパートの山本さんでした。

ここだけのハナシ、この職場でそれはないだろ、というくらい濃いめのメイク。四十歳すぎてるとは思えない、アニメ声のおばさんです。アニメ声で話すことといえば、下ネタばっかり。最近の女子高生のセックスライフはどうなの、とか訊いてきちゃうタイプで、ちょっと苦手なんですが。

「ねえねえ、なんかマズイことになってるみたいじゃない？」

嬉しそうに言います。

「アパートのことですか。まあ、確かに……」

「バッカだねえ。アパートのことじゃないよ、香坂さんだよ」

山本さんはミニスカートをひらひらさせながら、小走りについてきました。

「香坂さんってさ、ヘンなシューキョーにはまってるって、知ってた？」

「……はあ？」

「もっとも本人はシューキョー団体じゃなくて、ただのサークルだって言い張ってるんだけど。〈星の滴（ほしのしずく）教団〉って名前でサークル活動ですなんて言われてもねえ。でもって、満月になると葉崎東海岸に出て、信者がおそろいのブルーのケープみたいなの素っ裸のうえにまとってお経唱えながら踊ってんの。リッパなシューキョーじゃん。葉崎じゃ有名なんだけど、知らない？」

思わず喉の奥でぐげっと言ってしまいました。山本さんはくすくす笑って、

「そっか、アンタ葉崎に引っ越してきてまもないもんね。この教団、昔から少人数で地味に活動してたんだけど、二、三年前に教祖が替わってから急にのさばりだしてきてさ。香坂さんもそのころに入ったみたいだよ」

そういえば、白川さんからサークルの話は聞いていたけど。

あの香坂さんが、ブルーのケープだけまとって、海岸で踊ってるって、なに。

「なにかのまちがいじゃ……」

「香坂さんみたいなひとでもカルトにはまるんだから、おっかないよね。ていうか、いいひとほど、そうやって利用されちゃうんだから。あのコも利用されちゃうよ。あ、もうされてんのか」

「なにが言いたいんですか」

「アタシさあ、前に聞いちゃったことあるんだよね」

山本さんはすれ違った若い男に流し目を送りつつ、言いました。

「香坂さんが、同じシューキョーらしきひとと、話してるとこ。なんか、ココロちゃんならあの絵のこと知ってるはずなのに、全然違うとこから出てきたのは、星見(ほしみ)さまの預言がはずれたってことだよね、って相手が言って、そしたら香坂さんが相手の顔はり倒して、星見さまは間違っていない、現に、あのコの近くから絵が出てきたじゃないかって、すごい勢いで怒鳴ってた」

絵って、え？　まさか『青い壺と女』のこと？

「でも、相手も負けてなくて、あれはニセモノだしおまけに警察に押収されちゃったじゃないか、見つけたのは社長だし、もうあのコに利用価値ないって。そしたら香坂さんが、まだあのコにも使い道はあるって言ってた」

「使い道って、どんな」

ココロちゃんに利用価値なんて、あるんでしょうか。

　山本さんははぐらかすようにニタッと笑いました。

「アタシが聞いたのはそこまでだから。でも、ひとつ、いいこと教えてあげようか」

　わたしの反応がいまいちニブイのが気に入らなかったようで、山本さんはつけたしました。

「香坂さんの知り合いの清掃会社、前は社長の名前をとって〈北特殊清掃社〉って名前だったんだよ。ところが、一年前に前の女房が死んだんで、若い女をひっぱりこんだ。社名を〈スターブライトクリーニング社〉に変えたのはその女なんだけど、〈星の滴教団〉のいまの教祖なんだよ。名前は天宮星見。本名とは思えないけどね」


　うっわー、うわうわうわ。

　帰り道、わたしはチャリこぎながら、口の中でずっとつぶやいてました。

　そういや、社長がいま一緒に住んでる若い女はやたらお経唱えてるんだって、ココロちゃんが言ってました。

　それに、香坂さんが〈星の滴教団〉に入ってるんなら、スターブライトクリーニング社と一直線につながっちゃうし、なんか、つじつまがあっちゃってるっていうか。

でも、ちょっと待てよ。

先月ゴミ屋敷跡地で会ったとき、フタムラ警部補がこんなことを言ってたっけ。男ってのはホントにバカな生き物だわ、とか、保険金はたっぷりおりたろうから入院費には困らないけど、それじゃおいしくはないもんねえ、とか。

あのときはなんの話してんだろうってフシギだったけど、スターブライトクリーニング社の社長と天宮星見、それと保険金、そのあたりのことを警察もちゃんと把握してるってことですよね。

そう考えてやっと落ち着いたんだけど、なんだかココロちゃんには会いづらかった。

スターブライトクリーニング社とは縁を切れ、香坂さんにも気をつけろ、そんなこと相手がココロちゃんでなくたって、言えたもんじゃない。なにしろ香坂さんはココロちゃんに収入も住むところも用意してるんだから。

でも、このままフェイドアウトも落ち着かない。

さんざん悩んだ末、〈葉崎湘南荘〉を訪れたのは、暮れも押し迫った二十八日のことでした。その前々日、ニュースで北史生社長が保険金殺人の容疑で葉崎警察署で事情聴取を受けている、と流れ、一気にワイドショーがにぎやかになった。地元の大ニュースに興奮した祖母が、大掃除ほったらかしでテレビにかじりついていました。おりしも、葉崎東銀座のお米屋さんからのし餅二枚受け取ってきて、と母親からの指令を受けたもので、なにはともあれココロちゃんのブジを確認しようと思ったわけです。

葉崎東銀座に入ってびっくりしました。のんびりした田舎の商店街が大勢のひとびとでごった返しています。

よく見ると、カメラを担いだり、マイクを握ったりしたひとたちが数人、誰かを取り囲んでいる様子です。それをまた遠巻きにして、ケータイがたくさんかざされている。さらに、そのひとたちを背景にして記念撮影をしているひともいる。

わたしはチャリから降りて、人垣に近づいていきました。

ワイドショーに出てくるおばさんレポーターって、声のトーンが独特ですよね。その独特の声が誰かにむかって浴びせられているのが聞こえてきます。

「ってことは、北社長が奥さんや従業員に生命保険をかけていたの、あなた知ってたわけですよね」

「知ってたのに、どうして黙って保険かけられてたんですか、おかしいでしょう」

「なにかヘンだって気づかなかったんですか」

相手の答えを待ってるというより、「間違ったことをした相手を詰問している正義のワタシ」を世間様にアピールしたがってるみたいな、矢継ぎ早の質問。答えにくそうだなあ、と思ったら、聞き覚えのある声が返事をしました。

「えー、でもぉ、その保険のおかげでケガの治療費、払ってもらえたんですぅ」

ようやく報道陣の中央が見えてきました。スターブライトクリーニング社の青いバンが前にも後ろにも進めず、東銀座のど真ん中で動けなくなっていて、その前でマイクをつきつけられているのは、言うまでもなく、ココロちゃんでした。

青い作業着を着て、風呂敷包みを抱え込んでいます。たぶん、例の社長の保険金疑惑絡みで、従業員にまで取材攻勢がかけられているのでしょう。

「あなたねえ、保険かけられて殺されてたかもしれないんですよ。平気なの？」

「えー、社長って、ひと殺したんですかぁ？」

レポーターがぐっとつまりました。殺してたと決まったわけじゃないですもんね。

「かもしれないってハナシよ。こわいでしょ」

「べつにぃ。あのぉ、そろそろ帰ってもいいですかぁ。これから引っ越しなんですぅ。

わたし会社のことは、よくわかんないしぃ、別のひとに訊いてくださいぃ」

次の瞬間、バンがものすごいクラクションを鳴らして、空いた人垣を強引にくぐり抜けるようにして発車しました。怒号と悲鳴が飛び交い、人垣がぐるぐるっともつれあったかと思ったら、大勢が道に転がりました。

カメラを担いだひとたちがバンのあとを追い、転がっていたひとたちがそれぞれよろけながら立ち上がりました。で、案の定、いちばん下敷きになっていたのはココロちゃんでした。

急いで駆け寄って抱き起こすと、ココロちゃんは、

「いたーい」

とべそをかいています。あのおばさんたちに押しつぶされたら、そりゃ痛いに決まってる。文句のひとつでも言ってやろうかとふりむいたら、そこには誰もいませんでした。マスコミはもちろん野次馬までさっさと散っていたというわけです。

ココロちゃんは地べたに座り込んでいましたが、ふいに抱え込んでいた風呂敷包みを見て、悲鳴をあげました。

「壺が……壺が……」

風呂敷の中身は、壺でした。正確に言うと、割れた壺らしきものの破片です。

「たいへん、割れちゃったんだ」

「ううん、さいしょっから割れてたんですぅ。あとで組み立てなさいって言われててぇ」

「それじゃなに騒いでるの?」

「刺さってるんですぅ」

尖った破片がココロちゃんの左のひとさし指のツメの間に、ぶっすり、突き刺さっているのでした。


わたし、蛇(へび)とかゲジゲジとかなめくじとか、そういうのは平気なんです。アコギさんクラスでも、ニオイは他人よりはガマンできるみたい。けど、絶対にダメなのがこれ。

ツメの間になにかが刺さる、ってやつ。

見た瞬間、自分で自分の血の気が引く音が聞こえましたもんね。

そんなこととは知らないココロちゃんは、ツメをこちらにぐいと突き出して、

「抜いてくださいぃ」

と言ってくる。そんなこと言われたって、直視できません。

「あ、あのさ、病院に行ったほうが……」

「ダメですぅ。お金ないし。大丈夫ですから、抜けばいいだけですから、部屋に消毒薬がありますからぁ」

早くぅ、とココロちゃんはツメを突き出してきます。

ひとさし指のツメから、鋭く尖った陶器が斜めに入っているのが、透けて見えます。その周囲が黒ずんでいて……ダメだ。書いてるだけでキモチ悪くなってきた。

「ごめん。それだけはカンベンして」

「え、なんでですか、抜くだけなのにぃ。痛いんですからぁ、早くぅ」

瞳子さん。結局、わたしは抜けませんでした。ココロちゃんはしまいにため息をついて立ち上がり、

「もういいです。あてにしませんからぁ。香坂さんの言ってたとおりだ」

「……え？」

「アンタのことなんかおもちゃくらいにしか思ってなくて、ぜんぜん頼りになんないんだから、つきあわないほうがいいって。そんなことないって思ってたけど、香坂さんのほうが信用できる」

わたしはかたまってました。

そういやそうかもしれない、でもココロちゃんに面と向かって言われたら、ホントに声も出なかった。

しばらくして、勇気をふるいおこしてアパートに行って、扉越しに声をかけて謝ったんだけど、ココロちゃんは返事もしてくれなかった。

わたしはのし餅を二枚載せて重くなったチャリを押して帰りました。帰り道、いろいろ考えました。

ココロちゃんの着ていたスターブライトクリーニング社の作業着には、よだれを垂らした星みたいなマークがついてたけど、あれってつまり〈星の滴〉なんだろうなあ、とか。

このままワイドショーの騒ぎがおさまらなければ、清掃会社の仕事はなくなっちゃうんだろうな、とか。

そのうえアパートも追い出されることになってることを知ってて、でもわたしにはなにもできない。ツメの間から破片をひっこ抜くことも、です。

わたしはココロちゃんになにもしてあげられない。

年が明け、新学期が始まった帰り道、ひさしぶりに〈葉崎湘南荘〉に行ってみました。

アパートはブルーシートにすっぽり覆われていて、リフォームが始まったところのようでした。

「前の住人？　とっくに出てったけど」

と、大工さんは言います。〈葉崎湘南荘〉の大家さんは、青地に星がよだれを垂らしている模様のお洋服を着せた不細工な犬を抱いて、嬉しそうに作業を見守っていました。まるごとの借り主は地元の衣料品メーカーで、このボロアパートがなんとアンテナショップに生まれ変わるんだそうです。でもココロちゃんがどこに行ったのか、それは教えてくれませんでした。

香坂さんもお弁当屋さんをやめてしまったし、ケータイもつながらない。バカなことにココロちゃんのケータイ番号は聞きそびれたままで、だからいま、ココロちゃんがどこにいるのか、わたしにはわかりません。

元気だと、いいんですけど。

〈葉崎湘南荘〉から離れようとしたとき、わたしの足下にふすまが投げ出されました。

栗で大穴があいちゃったふすまでした。

如月

葉崎ＦＭ〈町井瞳子のライトハウス・キーパー〉ＡＤサイトーくんの日記
二月二日（火）晴れ
〈ココロちゃんのぺんぺん草〉ちゃんからのメールは来ない。
最近、ココロちゃんの続きはどうなってるんだというリスナーからの問い合わせが増えた。結局、先月はココロちゃんネタを放送せずに終わったから、みんな気にしてるんだろうと思う。
ぺんぺん草ちゃんはどうなってるんだ、最近の放送じゃ、いろいろカットしてるんだろうけど、わかる範囲で教えてくれ、そういう内容のものが圧倒的。
どうなってるかって？　こっちが知りたい。
木之内ディレクターも瞳子さんも、どことなくイライラしている。二月ってなんだか気の滅入る月だよな。寒いし暗いし、飯はまずい。ふたりとも飲みに誘ってくれないし。

しかたないんでひとりでいつもの居酒屋に行ったんだけど、冷凍焼けしたうえに生焼けのホッケ、ちゃんと水を切ってない大根おろし、ハムみたいな牛タンを肴にひとりで酒飲むのって、めちゃくちゃむなしい。

木之内さんや瞳子さんは、ぺんぺん草ちゃんがメールをよこさないのはオレのせいだと思ってるらしい。そんな目つきしてる。でもとりあえず、無視無視。なにも言われていないのに謝ったりすれば、ヤブヘビになるもん。

だいたい、メールが来ないのは、たんにココロちゃんに会えずにいるせいだと思う。ネタがなければ、投稿もなし。当然だよな。

二月五日（金）　晴れ

ぺんぺん草ちゃんからのメールは来ない。

世間じゃ新内閣の発足だとか、都内で起きた列車の脱線事故だとかでニュース枠を延ばしてるってのに、うちは放送するネタがない。たとえ神奈川県のど田舎にとってだって、総理の交代はニュースだけど、独自に取材してるわけじゃなし、通信社から買ったネタを流すだけ。オレがリスナーでも、内閣について知りたきゃＮＨＫ

を聴くよ。

だからって、ローカルニュースはあいかわらず。二月はことにネタ切れで、猫島で観光イベントがあっただの、外国の大使が葉崎に来ただの、葉崎ファームではバレンタインデー用のオリジナル・チョコレートの生産がピークを迎えているだの。けっして悪いハナシじゃないけど、盛り上がるというほどでもない。ローカルニュースを聴くたびに、葉崎って田舎なんだなあと思う。

だから、どうせならローカルニュースをもっと面白く流したらどうか、と提案してやったんだ、オレが。葉崎西高の生徒が海辺で他校の生徒と大乱闘を繰り広げ、逮捕者が出ましたとか、東京のテレビ局の旅番組に出てたタレントが、漁船に同乗しようとして海に落ち、深さ二十五センチの浅瀬で溺れかけました、なんてネタは、取り上げようによっては絶対面白い。

なんならオレがインタビューしますよ、とまで言ったのに、

「こんなニュースを面白おかしくとりあげたら、スポンサーがぶち切れる」

って、あっという間に却下された。

あーあ。

どうせ田舎のミニＦＭなんだから、かたくるしいこと抜きにして、やりたい放題

やれたらいいのに。

明日はココロちゃんなしで〈みんなの不幸〉を放送するわけだ。

だいじょぶかよ。


二月七日（日）　晴れ　今日は寒い。

昨日の放送は、まあブジに終わった。可もなく不可もなしってか、沈香もたかず屁もひらずってか、投稿の不幸ネタもそれなりに面白かったからよかったと思う。

いちばん笑ったのが、ホームセンターでプラスティックのプランター、同じものを二個、重ねて包装してもらって持って帰ったら、どうやってもはずれなくなったって話。

ネタ自体たいしたことなくても、語り口次第で面白くなるってのがよくわかった。

オレの提案した新企画〈町井瞳子のジンセー遭難〉っていうコーナーも始まった。

「わたしの彼は潔癖症で、部屋に遊びに来ても茶碗ややかんがキタナイってお茶も飲みません。この間、ゴキブリの死骸をみつけてからというもの、何度誘っても遊びに来なくなってしまいました。こんな彼の潔癖症、治す方法はないんでしょうか」

ってコレ、オレが書いたニセ相談なんだけどね。瞳子ねえさんは一言、

「アンタが部屋を掃除しなよ」

ごもっとも。


昨日、例の特殊清掃業者が逮捕された。

ココロちゃんがバイトしてた〈スターブライトクリーニング社〉の北史生社長と、溝口保現場主任が保険金殺人の容疑でついに逮捕！

このうえない大ニュースなんだけど、なんかビミョー。去年の暮れからさんざんワイドショーで騒がれちゃって、もう耳にタコだったからね。すっかり忘れてたところへ逮捕って聞かされてもさ。

瞳子さんなんか、ニュースの途中で、

「あれ？　まだ逮捕されてなかったんだっけ」

って口をすべらせる始末。

この、瞳子さんがニュース読んでる途中で騒ぐ、っていうスタイルは、いつのまにか芸風になっちゃってるフシがあって、こないだなんか、平日の昼間のニュースをマジメに読んだら、抗議がきたらしい。

「あたしゃ今年でアナウンサー歴十二年なんだよ。まっとうに読んで、つまんないじゃないかって、どういうこったよ」

瞳子ねえさんはしきりとぼやいてたけど、自業自得だよな。

二月八日（月）　曇り
ビックリびっくり超ビックリ！

スターブライトクリーニングの社長たち逮捕とあわせて、社長の自宅が家宅捜索された。したら、その自宅から、あの富田林頓多とかいうふざけた名前の画伯の名画『青い壺と女』が出てきたんだって！

ココロちゃんもかかわった盗難事件によって新国美術館から盗まれて、一度はココロちゃんのアパートの二階から見つかったと思ったらそれがニセモノで、でも今度こそ本物の『青い壺と女』だってさ。テレビにも出た有名な画廊の主と、美術大学の教授ってひとが鑑定したってんだから、間違いないよね。

どうなっちゃってんの。

木之内ディレクターも瞳子さんも、聴取率対策そっちのけでこの話題に飛び込んでるみたい。知り合いの記者とか警察関係者に電話かけまくり。

だってさ、こうなってくると、やっぱりココロちゃんが……みたいなキモチになっちゃうよね。

午後になって、情報収集の成果がちょっとずつ出てきた。

北社長の供述によれば、あの絵はあのゴミ屋敷で見つけたんだそうだ。倒壊した朝倉ハルさんの家ね。

葉崎市役所との契約によれば、片づけるゴミの所有権はスターブライトクリーニング社にあるってことになってた。そこで、なにか金目（かねめ）のものがあれば、先に引き取っておこうと思い、片づけが始まる前日にあの屋敷に行ったんだって。

ぎっしりつまったゴミの中に朝倉ハルさんが家に出入りするのに使ってたらしいケモノ道みたいなもんができてて、それをくぐって屋内を物色した。それで絵を数点と、やきものやガラスの工芸品みたいなものを持ち出したそうだ。

近所のひとのハナシじゃ、朝倉ハルっておばあちゃんがゴミを持ち帰りだしたのは、ダンナさんが死んだ直後の十五年前から。てことは、盗難事件の起きたときには、あの家はリッパなゴミ屋敷だったわけで、北社長のハナシがホントだとすっと、ハルさんが時価一億円の絵をどっかから拾ってきたか、あるいは犯人が安全な隠し場所だと考えて、ゴミ屋敷に置いといたってことになる。

んなわけねーよな。

ところで、警察がその絵を押収しようとしたとき、北社長の愛人で〈星の滴教団〉の教祖・天宮星見って女が、これは教団の財産だから絶対に持ち出させないって一暴れしたらしい。あやうく公務執行妨害で逮捕されそうになったとかで、逮捕しちゃえばよかったのに。

二月十日（水）　晴れ

ペンペン草ちゃんのメールは、まだない。

この二日間、木之内ディレクターに言われて、あちこち取材してまわってた。二村警部補以外の葉崎署のひとたちにも顔を覚えられたみたいだ。

取材ったって、報道の記者さんたちほどしつこくなく、ワイドショーのひとたちほどうるさくもないためか、あんまりイヤがられずにすんでる。おまけに他の記者も、

「葉崎ＦＭなんすよ」

っていうと、ああなんだ、ってかんじでスルーしてくれちゃうし、ラク。

ていうか、他のメディアが気にしてんのは、名画の謎であり保険金殺人を繰り返してた（らしい）清掃会社社長たちでありそれに関連して名前のあがってる〈星の滴教団〉である、わけなんだけど、オレの目的はココロちゃん。

ココロちゃんが今回の事件にからんで、どんなふうに現れるのかってことが知りたいんだよね。っていうか、ブジに姿をみせるかどうか。

生きてろよ、ココロちゃん。

木之内ディレクターがなんでそんなことを調べてこいって言ってるかってえと、もうすぐ聴取率の調査が始まるから。

テレビの視聴率とはちがって、ラジオの聴取率ってのは測定する日が決まってる。だからそれにあわせて、各ラジオ局ではイベントをモノしたり、新聞に広告を打ったり、豪華プレゼントを用意して自分とこにチャンネルあわせてもらおうとするわけ。

って、フツーはこんな調査、ミニFMじゃやらねーよ。調査費用がもったいないもん。

なのになぜやるかっていうと、ひとえに葉崎市に新しい市長が誕生したせいだ。

十月のやり直し選挙で、当初立候補してたふたりをおさえて当選した小松原っていう新市長、経済に強いってのが売り。データ屋っていうか、マーケッターっていうか、要するに自分にとって都合のいい数字をひねりだすのが得意なヤツなんだ。

葉崎ＦＭは市から補助金をもらって運営してる。聴取率調査はそれをカットするための口実作りみたいなもんだって、瞳子ねえさんは言ってた。

けどもし補助金が打ち切られた場合、これまでは無償で提供してきた葉崎市役所広報の番組にも、放送料や制作費を請求することになる。通常料金で計算すると、年間にかかる費用は補助金のほうがずーっと安い。つまりおトクだってこと。

仮に市長が、だったら市役所の番組はなし、ってなったとしても、その枠をほしがってる企業や団体はいるんだな。だから、うちとしちゃむしろ補助金が打ち切られたほうがいいわけなんだけど、長年のつきあいである市役所の広報課から内々に泣きが入ったらしく、補助金が打ち切られない程度の聴取率をあげとこ、ってことになったわけだ。

こういうオトナの事情があるもんだから、リスナーの人気が高い（と思われてる）ココロちゃんネタをからめたい、ってのがディレクターの思惑なんだけど、どうだかね。

ヘタにからめたら〈星の滴教団〉の宣伝になっちゃいました、じゃ困るだろっての。

今回の取材で教団にも行って尋ねてみたんだけど、頭のワルそーな女が出てきて、蚊の鳴くような声で、

「知りません、知らないんです、帰ってください」

とぼそぼそ言うだけ。それじゃ香坂さんに会わせてもらいたい、と頼むと、思いっきりうろたえ、

「どうしていいのかわかりません、どうしよう、そんなこと」

めそめそ泣き始めた。泣くほどのことを頼んだか、オレ。

なんて言うんだろう、飾り物にはぜったいならないような顔してんだから、少しは頭を使えよ、って言いたくなっちゃうタイプ。うちの親戚にもこういうおばさんいたなあ、と帰り道で思い出した。

その親戚のおばさんは振り込め詐欺に三回あって、計五百万円を騙し取られたんだけど、そのうち一回はすでに死んだ父親（オレのじいさんね）からの電話だったとかで、オレの母親に、

「お父さんから言われたら、誰でもお金を振り込みますよ」

と言い、あんたも半分負担しなさいと、しごくフツーに言い出したそうだ。当然オフクロが断ったら、うちの居間に座り込んで泣きじゃくりながら、どうしよう、どうしよう、としか言わなくなったらしい。

このおばさんは薬剤師の資格を持ってて、ってことはとんでもなくバカってこともないはずで、少なくともオレより理系の成績はよかっただろうに、どうしてこうなるんだか。

ともあれ、何度教団の本部になってる北社長の自宅に足を運んでも、出てくるのはめそめそおばさんだけで、ココロちゃんの行方についてはあきらめるしかなく、マスコミ対策にはものすごく使えるひとと言えなくもない。

二月十一日（木） 晴れ
ぺんぺん草ちゃーん。メールはまだですかー。
昔、朝倉ハルさんの知り合いだったってひとからミニネタもらいました。
あの『青い壺と女』って絵の作者、富田林頓多って画家は、ハルさんの死んだご亭主の従兄弟だったんだってさ。

ゴミまみれだったとはいえ、朝倉屋敷はかなりの規模だった、つまり以前はかなりの金持ちだった。だから従兄弟の画家のパトロンだったとしても不思議はない——ってことになるんじゃねーの？

てことは、あの『青い壺と女』は最初っから朝倉屋敷にあったのかも。となると、北社長は絵画の入手についてはホントのことを言ってて、むしろ、新国美術館から盗まれたのが贋作だったたってことになる。つまり、ココロちゃんの住んでたアパートの二階に隠してあったのが、ニセモンだけど正真正銘、盗まれた絵だった、ってことになっちまうんじゃないかい？

あー、ややこしーの。

二月十二日（金）　曇り
ぺんぺん草ちゃんからのメールはない。
っていうか、なくてあたりまえだったんだな、これが。
今朝も葉崎警察署にちょっと顔出しをして、二村警部補にぺんぺん草ちゃんのハナシをふったら、妙な顔をされた。

「アンタ、知らなかったのかい？」

「なにがっすか」

今月頭に起きた、都内の脱線事故。ほら、死者五名負傷者百三十八名の大惨事、なんとそのケガ人のなかに、ぺんぺん草ちゃんがいたっていうんだよ！

「学校行事で能楽堂に向かう途中の葉崎市在住の高校生数人が事故に巻き込まれたって、大新聞の神奈川版にも出てたじゃないの。なんでチェックしとかないかねえ」

二村警部補はあきれてるけど、このオレが新聞読むタイプに見えんのか。って、イバレたハナシじゃないけどさ。

幸い、命にかかわったり後遺症が残ったりするほどじゃないけど、しばらくは都内の病院に入院中だそうで、そりゃメールなんか来るわけがない。

局に戻って報告したら、ディレクターも瞳子さんも驚いてた。新聞読んでなかったのはオレだけじゃなかったわけ。結局、ココロちゃんネタはあきらめるしかない、って結論になりかけたんだけど、木之内ディレクターは首を振った。

「ぺんぺん草ちゃんがダメなら、本人にコメントもらえばいいじゃないか」

そんな無茶な。どこにいるのかさえわかんないのに。

ていうか、思い出したんだけど。

前に、ぺんぺん草ちゃんが怖がってたことがあったよね。ココロちゃんにひどいことした連中はみんな、えらい目にあってるって。

まさか、ぺんぺん草ちゃんが事故にあったのは、ココロちゃんのツメの間に刺さったツボの破片抜いてあげなかったせい……。

ホントにコメントとるの？

二月十三日（土）　曇りのち晴れ

情報ゲット！

今晩は新月。でもって夜二十三時頃、ちょうど干潮の時刻に、例の〈星の滴教団〉が葉崎東海岸で集会を催すらしい。

ぺんぺん草ちゃんからの最後のメールによれば、彼らは満月の夜に青いケープだけ着て海岸で踊るってことだったけど、考えてみりゃ〈星の滴〉なんだもんね。満月より新月のが都合がいいに決まってる。

「けどこの時間って、放送中だから行けないっすね」

ってオレは言ったんだけど、木之内ディレクターはやる気まんまん。

「なに言ってる。一晩くらいおまえなしでもスタジオはなんとかなるから、行って、見てこいよ。ひょっとしたらココロちゃんに会えるかもしれないんだから」

木之内ディレクターの魂胆はわかってんだよな。

別に、あのひとも本気でココロちゃんネタで聴取率あげようなんて考えてないんだ。

たんに、ココロちゃんのことが知りたいだけ。

それは……オレも同じなんだけど。

行くしかない、か。

二月十七日（水）
もーやだ。あーもーやだ。
瞳子ねえさんが見舞いに来てくれて、あれやこれや訊き出されて、結局起きたことぜーんぶぶちまけちゃったけど。

なにしろ〈星の滴教団〉の集会場所ってのが葉崎東海岸、としかわかってなかった。一口に東海岸ってたって範囲はめちゃめちゃ広い。なんであの土曜日、オレはスクーターで北社長の家の近くに行き、生まれてはじめて張り込みってことをやった。

あの晩はともかく寒かった。北社長の家は東海岸の御坂(みさか)地区って場所にある。瞳子さんちのご近所で、閑静な住宅街なんだけど人通りはないし、街灯はまばらだし、寒々しいことこのうえないんだよね。

この日は葉崎にしては珍しく、最低気温三度だった。山登り用の下着に靴下、ヘルメットの下に毛糸の帽子をかぶっててなお冷える。途中で、いくらなんでもこの寒さではハダカで海岸に行ったりしないんじゃないかと思い始めたくらいだ。

実際、十時をすぎても社長宅には青いスターブライトクリーニング社のバンが停まったままで、灯りもこうこうとついてるわけで。こりゃ無駄足だったかな、と思ったらものすごい尿意に襲われた。瞳子さんに家の鍵借りといてよかった、と彼女の家に行き、トイレを拝借して戻ってみたら、家の灯りは消えてるわバンは消えてるわ。
慌ててスクーターを走らせて、東海岸の近場の道路を捜し回り、地元じゃ花咲(はなさき)岬(みさき)と呼ばれてる崖(がけ)の上に駐車されてるバンを発見。考えてみたら、この花咲岬の下は干潮によって干潟(ひがた)になり、星ものすごくよく見える。問題の儀式がどんなものだかわかんないけど、星と関係してるのは間違いないだろうし、そういうイミじゃうってつけかもしれない。

オレはとりあえず、花咲岬の先端まで身をかがめて行き、腹這いになって下をのぞきこんだ。

ここは二時間サスペンスのロケにたびたび使われた風光明媚(ふうこうめいび)な場所なんだけど、自殺の名所でもある。去年の夏には、ダンナが女房を突き落として殺したそうな。

そのせいか、いろいろとアヤシイ噂の舞台でもあって、いわく、

「この崖の下で泳いでて、白い手に足をつかまれ、海中にひきずりこまれそうになった」

「よくこの近くでラジオやケータイが混線し、助けてくれという声が聞こえる」

「カーナビを見ながら走っていて、道の上だったはずなのに、車が半分崖から乗り出していた」

ありがちな怪談ばっかりだけど、夜中、こんな場所にひとりでいるときに思い出したくはない。星明かりのなか、じっと目をこらして待って、青いケープの集団が干潟に現れたときには、なんだかほっとしたもんだ。

人数は十三人。ホントに青いケープを着て、ひとりを中心にしてきれいな輪を作り、そのひとりは両手をふりあげて大きな声でなにか言いながらくるくるまわってた。声はよく聞こえないけど、お経みたいだった。

あれが天宮星見だろう、他は、と見ると、手をつないで踊ってる。なんだか、フォークダンスを踊らされてる小学生みたい。それも、中心のひとりをのぞくと、あとはいやいや運動会に出てる連中、ってかんじ。それでも動かなきゃ寒いってこともあってか、一所懸命踊ってるように見えた。

その、輪のひとりが急に、足をとられて転んだ。よく見ると、干潟の上に海水が流れる川ができていた。そこへもろにはまったらしい。

よりによってそのひとりはそのまま川に倒れ込み、もがきまわりながら崖のほうへ流されてくる。慌てて助けようとした他のメンバーも、ひとり、またひとりとそのまま流されていく。身を乗り出してみると、崖の下は海水だまりになっていて、流れ着いたひとたちがケープがじゃまなのかあっぷあっぷしてるのが見えた。
はじめのうちは笑いすぎておなかが痛くなるほどだったんだけど、そのうちケープが次々に水底へと沈み始め、それどころじゃなくなった。あんまりお近づきになりたくなるような連中でもないけど、見殺しにはできない。オレはとりあえずケータイで消防に通報し、崖下へ向かう道を駆け下りた。すると、干潟から駆けのぼってきたケープと鉢合わせをし——突き飛ばされたというわけだ。

警察にも事情を訊かれたんだけど、なにしろ月のない夜だからね。突き飛ばしてくれちゃったヤツの顔なんか見えなかった。あれがホントに青いケープだったのかもアヤシイ。緑とか黄色でも、あの場所じゃ青く見えたんじゃないかな。状況から考えて、輪の中心にいた天宮星見って女だと思うんだけど、絶対そうだとは言い切れないからね。にしても、溺れる信者見捨てて逃げ出すって、ずいぶんだよな。

ともかくオレはそのまま道から突き落とされ、落ちたのは海水だまりじゃなくてもろに干潟の上。岩場でなかったのがせめてもの幸いだった、らしいけど、そっから先の意識なんかなくて、目が覚めたのは昨日の夜、救急救命センターのベッドの上だった。

すぐに一般病棟に移されて、食事もとれるようになったけど、なんかダリーし、あちこちイテーし。ううー。多発性外傷っていうそうで、あちこち骨が折れて、打ち身もひどい。食べ物を飲み込むだけで、気絶しそうになる。でも腹はめちゃめちゃすいてる。次の食事が楽しみでしょうがない。

オフクロは毎日見舞いに来てくれてたらしく、昨日までは意識がなかったわけだから、顔を合わせたときは大喜びで泣いてて、今日はよせばいいのにバレンタインのチョコレートまで持ってきやがった。親チョコだってさ。やめてくれよ、ホントに。

おまけに瞳子さんまで見舞いだってチョコくれるし。ま、この状態じゃチョコはものすごくうまいんで、ありがたいんだけどさ。

瞳子さんのハナシじゃ、天宮星見はこの件についての警察の事情聴取には、「宗教的儀式について警察に説明する必要などありません」

なんつってがんとして応じず、弁護士を雇ったらしい。溺れかけてたり、低体温症になったりした信者は全員救出され、数人をのぞいてすでに退院したそうだ。

オレをふくめて、死人が出なくてなによりだったんだけどさ。

だからココロちゃんには近寄らないほうがいいって思ったんだよ、オレは！

ってとこまで書いたとき、隣のベッドから話し声が聞こえてきた。医者らしい男が、

「まったく忙しいコだね。今度は溺れたんだって？」

と言い、患者らしい女のコが返事をした。

「そうなんですぅ」

弥　生

〈葉崎医大付属病院友の会機関誌「かがやき」二月号より〉

＊病棟だより

このたび六階整形外科病棟談話室の一隅に、貸本のスペースを設置しました。名づけて〈コージーブックス〉。入院や闘病中の方の癒しになるようにと、病院で活躍するボランティアグループ〈たんぽぽ〉の発案を受け、多くの葉崎市民に呼びかけたところ、たくさんの本の寄贈をいただき、始まったものです。貸し出しは原則自由ですが、読み終わった本はその都度消毒しますので、返却は所定の箱へお願いいたします。小説やエッセイ、実用書などさまざまな本をご用意し、みなさまのご利用をお待ちしております。

また、従来通り、葉崎図書館からの本の借り出しサービスも行っています。読書台や据え置きタイプの拡大ルーペもお貸しします。ただし数に限りがありますので、あらかじめお問い合わせください。くわしくは、六階談話室〈コージーブックス〉へ。〈たんぽぽ〉のスタッフをはじめとする複数の団体所属のボランティアが、月曜日から土曜日の朝九時から夕方六時まで、交替でご相談に応じます。（文責・中野〈たんぽぽ〉）

〈「コージーブックス」スタッフ伝言用日誌より〉

三月一日（月）　午前当番・中野（たんぽぽ）

けさ出てきてみたら、返却箱が本であふれかえっていました。私が最初に申し上げたとおり、箱が小さすぎたのだと思います。大きくするべきではないでしょうか。

また、書棚に官能小説が数冊ありました。入院患者さんには不適切と思われるため、これは私が処分いたします。

ところで、聞いた話ですが、ワイドショーで一時話題になったカルト教団の信者が入院しているそうですね。他の患者さんへの迷惑を考えて、そういうひとたちは受け入れないように、私たちボランティアグループからも病院側へ強く抗議すべきではないでしょうか。ご賛同いただけるなら、文案は私が考えます。

午後当番・井藤（葉崎市民相互支援会）

貸し出し自由と言ったら、『鬼平犯科帳』のシリーズを二十四巻持ち出された方がいました。ひとり一回五冊までに変更しませんか。

夕方当番・葉崎東高校有志

病気だからって、官能小説読んじゃいけないってことないと思うんですけど。ていうか、なに読むかは個人の自由でしょ。医者が止めるならわかるけど、アタシたちにそんな権利あるのかな。

それと、病院に患者を選べなんて言う権利もないと思う。

三月三日（水）午前当番・春日（相互会）

吉川英治の『三国志』の三巻が見あたりません。いつ戻ってくるのか、しつこく訊かれたけど、誰が借り出したのかわからないし、困りました。

〈星の滴教団〉の話、わたしも聞きました。ひとり、十七歳くらいの女の子の信者がいて、この子は以前から何度もうちの病院に出入りしてるんですって。お医者さんが笑ってたけど、やたらヘンなもの食べて食中毒になったり、ガス中毒とか怪我とか、めちゃくちゃなんですって。

午後当番・時枝（相互会）

今日は誰も来なかった。ヒマをもてあました患者さんの話し相手で三時間が終わった。そのひとも十七歳の子の話をしていた。この病院では名物患者として有名なんだそうだ。なんだか茫洋とした感じの子で、先月にも〈星の滴教団〉の儀式中に真夜中、海で溺れて運ばれてきたそうだ。

昨日も救急車で運ばれてきたそうだが、車の前に飛び出して転んだら、車が急ブレーキを踏んでスリップして対向車と衝突。彼女は転んだはずみで手首をねんざしただけ。でも車の運転手ふたりはいまだにＩＣＵに入っている。本人は飛び出したんじゃなくて、誰かに突き飛ばされたって言ってるそうだけど、ものすごくおっちょこちょいな子らしいから、本当かどうか。

夕方当番・葉崎東高校有志

寄贈された本をセレクトしたとき、病中だからって読みやすい本を中心にしたけど、今日来たおじいちゃんは、時間があるからこそ歯応えがあるのを読破したいんだって言ってました。『徳川家康』でも入れてみる？　それとも『死霊』とかトマス・ピンチョンとか。ドストエフスキー全集とか。
　ところでいま見たら、談話室のおひなさまの前にあったひなあられが全部なくなってるんですけど、誰か食べました？　もう二週間も飾ったまんまだったのに、大丈夫かな。

三月四日（木）　午前当番・島（相互会）
〈星の滴教団〉の十七歳でおっちょこちょいな子、どうやら一時、話題になってたココロちゃんみたいですよ。葉崎ＦＭで働いてる患者さんから聞きました。彼は教団の取材中に崖から落ちて、大ケガしたんですって。まだベッドに固定されていて動けず、看護師さん経由で頼まれて本を届けました。リクエストは落語関係本で、棚にあった志ん生の『なめくじ艦隊』を渡して喜ばれたんですが、ベッドから出られない患者さんにはこちらから積極的に声かけしてみるのもいいかもしれませんね。
読み応えのある本ですが、『ユリシーズ』とか『失われた時を求めて』なんてどうでしょうか。うちにあります。よろしければ持ってきます。ちょっとしか読んでないけど、将来読み直すとも思えないので。

午後当番・日野原（相互会）

あれがココロちゃんでしたか。どーりで病院にばかりやってくるはずですね。看護師さんから聞いた話では、あの子、昨日の夜もとんでもない吐き気と下痢の症状を起こして救急車で運ばれてきたみたいですよ。けさ早く帰ったそうだけど。

長い小説なら『大菩薩峠』って手もあるかも。でも、また何巻目がない、って騒ぎになったらまずいですよね。

夕方当番・葉崎東高校有志

まさか、ひなあられ全部食べたのって……。

三月六日（土）　午前当番・中野（たんぽぽ）

カルト信者を受け入れないようにとの病院側への要望書、文案を考えて印刷しデスクの抽斗に入れてあります。各自目通ししてください。

なお、葉崎東高校はこの件に関しては除外します。未成年者がこういう重大な問題に対処できるとは思えないからです。それと高校生なのに生意気なのがひとりいるみたいだけど、文句があるならまず名乗りなさい。

午後当番・井藤（相互会）

こないだから日誌上で話題になってたココロちゃん、ついに見かけました。頭に包帯巻いて「いたぁい」ってべそかいてました。看護師さんの話では、道を歩いていたらビルから植木鉢が落ちてきたんだそうです。そんなことホントにあるんですね。

昨年、永年勤めた鉄工所を定年退職し、時間ができたのと、こちらのボランティアに参加したことで、本を読む機会が増えて嬉しく思っています。元の職場は、休み時間に藤沢周平（ふじさわしゅうへい）を読んでただけで「勉強家だ」と揶揄（やゆ）されるような場所だったので。いまは大いばりで読書できて嬉しい。ここの眼科で検診も受けて、老眼鏡を新しくしたところです。

今日はヒマだったので、棚にあった『銀河帝国の興亡（ぎんがていこくのこうぼう）』という本を何気なく読み始めたところ、やめられなくなりました。すみませんが、借りて帰ります。

夕方当番・葉崎東高校有志

どーも。荻野っす。今月一日の当番はアタシじゃないけど、文句があるから名乗っときます。

やいこら、〈たんぽぽ〉のババア。

〈コージーブックス〉のアイディアを出したのはうちらなんだし、病院や相互会さんと交渉して実現したのもうちらなんだよ。〈たんぽぽ〉なんか途中からあつかましく割り込んできたくせに、

『病院で活躍するボランティアグループ〈たんぽぽ〉の発案を受け』

なあんて、ちゃっかり病棟だよりに嘘書きやがってさ。そのうえ検閲官みたいなマネして、独断でうちらを除外するってどういう神経してんだよ。

寄贈された本は東高で保管してる。したがって本の選択権もうちらにある。もちろん、ババアの意見も参考にはしてあげます。

以上。

あ、そうだ。井藤さん、『銀河帝国の興亡』はシリーズになってて、全部持ってるから読みたかったら貸してあげるね。

三月九日（火）　午前当番・五十嵐（相互会代表）

今日、要望書の件を知りました。さすがにこれは言いすぎだと思います。ボランティアにも病院へ言いたいことを言う義務と権利がありますが、救急救命センターに、あらかじめ患者の身元を調べて受け入れるかどうか決めろとは言えないでしょう。葉崎医大の救命センターは葉崎市一帯の住民の命綱です。この要望書は相互会の代表として、却下します。どうしても提出するなら〈たんぽぽ〉さんだけでなさってください。

東高の荻野さん、怒るのもムリはないけどババアはやめなさい。あなた方を重要な決定から黙ってはずしたりはしません。それは相互会が約束します。

午後当番・中野（たんぽぽ）

はっきり言わせていただきますけど、みなさんおかしいんじゃありませんか。カルト教団をのさばらせないようにするのがどうしていけないのでしょう。それに、葉崎東高校。市民の好意で寄せられた本の所有権はあなた方にはありません。〈コージーブックス〉に置く本は当然、良書であるべきです。官能小説の処分に反対するような高校生に、なにが良書か判断できるわけなどない。今後も悪書が置かれるようなことがあれば、私は良心にしたがって迷わず処分致します。

それから最近、ココロとかいう女の子についての記述を見かけますが、カルト教団の信者なんでしょう。そんな人間の噂を日誌に書き込むなんて〈相互会〉さんは恥ずかしくないんですか。そんなことだから高校生をつけあがらせるんです。

夕方当番・葉崎東高校有志

東高の今村です。患者さんから抗議がきました。棚から選んだ悪徳警官ものを、反社会的だって中野さんに取り上げられた。しかもそれ、葉崎在住のハードボイルド作家・角田港大先生の本で、患者さんの見ている前でゴミ箱に捨てられたって。でもって、代わりにススメられたのは『慈愛とはなにか』みたいなタイトルのケーモーショ（ってなに？）だったそうです。信じられな～い。

明日退院予定の患者さんのご家族が、読み終わった本を寄贈してくださいました。佐藤愛子のエッセイですけど、たまたま談話室に来ていたひとたちがわっと群がって、喜んで持ってっちゃいました。残った一冊を読んでみたら、面白くて、わたしもはまりそうです。

ところでココロちゃんですけど、ホントにカルトの信者なんですか。

三月十二日（金）　午前当番・日野原（相互会）

看護師さんから聞いたんですが、今度はココロちゃんが急性アルコール中毒で運ばれてきたそうです。付き添ってきたおばさんは、本人が自分で飲んだって言ったっていうんですけど、もし、ココロちゃんが〈星の滴教団〉で寝泊まりしてるのなら、勝手にお酒を持ち出したりできるんですかね。

というより、ここだけの話って看護師さんが言うには、お医者さんたちが不審がってるらしいです。あんまり立て続けに事故が起こりすぎるって。

ところで、わたしが昨日の午前中に持ってきて、棚に並べておいたアガサ・クリスティーが一冊も見あたりません。誰かが借りていったのならいいんですが、昨日の午後は〈たんぽぽ〉さんの当番だったし、まさか、人殺しの本は悪書だから捨てた、なんてことはないですよね。

午後当番・時枝（相互会）

日野原さん、クリスティーのうち三冊は、子どもの患者に付き添っている母親が借りていったらしいので心配無用。

ところで私は三十代の頃に胃をやられて長期入院となった。このとき上司が見舞いにくれたのがいわゆる偉人伝で、当時は嫌がらせとしか思えなかった。病気はもちろん経済的にも将来にも不安を抱えている人間に、成功者の本が喜ばれるわけがない。

私見だが、ここの利用者は心配や苦痛を忘れるために本を読むので、バカバカしい話、くだらない話、暴力にセックス、非日常的なエンタテインメント、それこそが「良書」って考え方もある。もちろん、中野さん推薦のいわゆる良書も必要だが、駄菓子やインスタント焼きそばみたいな本が癒しになることだってあるはずだ。

夕方当番・葉崎東高校有志

東高の田上です。一日の書き込みはアタシです。

時枝さんの意見に賛成。だいたい患者さんが選ぶ本は、楽しい読み物が多いよね。いちばんはエッセイや旅行記で、小説なら西村京太郎とか内田康夫とか、ロマンス小説とか。若いコ向けにＢＬも入れとく？　選りすぐって持ってくるけど。

三月十八日（木）　午前当番・島（相互会）

たいへんたいへん。さっき、ココロちゃんが救急車で運ばれてきた。

今度はなんとひき逃げだそうです。詳細はわからないけど、刑事さんが調べに病院まで来てたっていうから、れっきとした事件みたい。

看護師さんに協力をお願いして、ベッドから出られず本を読みたがっているひとを紹介してもらいました。それぞれにどんなタイプの本が読みたいか尋ねてみたら、みなさんそろって「面白い本」ですって。そう言われても。

八十歳のおばあさんのところへ行ったとき、たまたまジェフリー・ディーヴァーを持ってたんですが、貸してくれ、と。こんなのおばあさんに読めるのかなと、二時間後、様子を見に行ったら夢中になって読みふけってました。ひとと本の相性って、外見じゃわかりませんよね。

午後当番・道原（みちはら）（たんぽぽ）

はじめまして。中野さんのご紹介で、今日からこちらのボランティアに参加させていただきます。以前は図書館の司書をしておりました。

最近の図書館は利用者に媚（こ）びを売りすぎる傾向があります。予約が殺到したベストセラーだと同じ本を五十冊も入れるとか、あつかましい購入希望者に負けて、リクエストされたくだらない小説をたくさん入れるとか。本来の図書館の使命を忘れ、利用者に振り回されている。

こうしたことは、私設図書館ではなくしていくべきで、だから〈コージーブックス〉運動に参加できることを光栄に思っております。どうぞこれからよろしくお願いします。

夕方当番・葉崎東高校有志

〈たんぽぽ〉さんの理想論についてけない東高の荻野っす。

ここは図書館じゃなくて、たんなる貸本スペースだよね。道原さんのは正論のようで、ちょっとずれてる。最近の図書館が気にいらねーって言うんなら、図書館を改革すりゃいいじゃん。〈コージーブックス〉には読まれもしない「良書」をおいとくようなスペースも予算もない。

てか、〈たんぽぽ〉ってなんでみんな上から目線なの?

三月二十三日（火）　午前当番・日野原（相互会）

けさ、ココロちゃんが退院したそうです。みなさんすでにご存知かと思いますが、ココロちゃんは買い物に向かうため、教団近くを歩いていたところ、歩道に乗り上げてきたワンボックスカーにはねとばされました。幸い、とばされた先が有機農法の農場で、着地したのはふっかふかの肥料の山の上。奇跡的に軽傷ですんだというわけです。

車は盗難車で、観音市で乗り捨てられているのが発見されたとか。看護師さんいわく、救命の先生方が心配して、この五日ばかり必要もないのに入院させておいたらしいです。確かに相当事故に遭いやすいタチのようですが、それにしたって一ヶ月の間に死にかけること——えーと、何度目だ。

とにかく家も仕事もないから、とりあえず病院に置いておいた。でも、教団から香坂さんとかいうおばさんが迎えに来て、強硬に主張して連れて帰ったらしいです。ちなみに、ひき逃げ犯はまだ捕まってないそうです。

午後当番・春日（相互会）

先週、整外に入院中の刑事さんが来て、読書なんかしたことないから適当に選んでくれ、と言われたので、たまたま棚にあったジョセフィン・テイの『時の娘』と高木彬光の『邪馬台国の秘密』をお渡ししました。どっちも長期入院を余儀なくされた警察官と探偵が、歴史の謎をベッド上で推理するって話だから、いいかと思って。今日いらしたので話をしたところ、本はお気に召さなかったようですが、そういえば以前から気になっていることがある、と言い出されました。

文政年間、葉崎藩の江戸下屋敷で当地出身のお百姓・米三さんが他殺体で発見されるという事件があったそうです。当時は、参勤交代の際、お百姓の次・三男が荷物持ちでついていき、江戸滞在中は下屋敷で米や野菜を作り、お殿様のお国入りに従って帰る、ということがよくあった。米三さんはそのひとりだったとか。藩邸は大騒ぎになったと刑事さんのご先祖が残した備忘録に記されているそうですが、結局犯人は捕まらないまま、百八十年以上が経過した。

刑事さんはその「米三殺し」調査を退職後のライフワークとするおつもりのようです。というわけで、どなたか適当なテキストをご存知でしたらお教えください。

夕方当番・葉崎東高校有志

東高の岡部です。葉崎南部町に「米三稲荷」っていう小さな祠があって、小さいときよくそこで遊びました。ひょっとして、なにか関係あるのかな。

総師長さんから聞いたんですが、『ゆかいなホーマーくん』という本を借り出された糖尿病の患者さんが検査直前に病院を抜け出し、医大通りのドーナッツ屋に駆け込んで、ドーナッツを十数個も食べちゃったそうです。そういえばホーマーくんには、自動ドーナッツ機が壊れて大量のドーナッツが店中にあふれるってエピソードがありました。わたしも読んだあと、めちゃくちゃドーナッツが食べたくなったの覚えてます。

念のために言っておきますが、総師長さんは〈コージーブックス〉に苦情を言いに来たわけじゃありません。困ったもんだわ、と笑ってらっしゃいました。

三月二十六日（金）　午前当番・道原（たんぽぽ）

先日、葉崎東高の荻野さんに言われたことをよく考えてみました。私、上からものを言っているつもりはありませんが、図書館が気に入らないなら図書館を改革するのが筋だ、という意見は胸に突き刺さりました。そこで私と同じ意見の方たちとともに、新たに〈図書館改革推進市民グループの会〉を発足させることになりました。今後は真の公共図書館のあり方を考え、理想を実現させるべく、努力してまいります。

そんなわけで〈コージーブックス〉の活動には参加できなくなりました。短い間でしたが、いろいろと勉強になりました。ありがとうございました。

追伸・米三関連のテキストですが、思いつくかぎり調べてリストにしたものをこの日誌にはさんでおきます。稀覯本もあるので入手はたいへんかもしれませんが、参考になさってください。

なんだか外がすごい雨になっています。帰れるかしら。

午後当番・中野（たんぽぽ）

〈コージーブックス〉を立ち上げて一ヶ月、私はずいぶん辛抱してきました。悪書を良書だと言い張る屁理屈にも、しつけの悪い高校生のひどい文章にも、この活動とはなんの関係もないカルト教団の信者の噂が日誌に書き込まれることにも、殺人事件の本や、安っぽい愛の本や、タレント本だの軽いエッセイだのといった読み捨て本ばかりが棚を席巻している事態にも、です。

でも、もう我慢の限界です。どうしてみなさん私が選んだちゃんとした本を患者さんに薦めないんですか。人生を深く味わえるすばらしい本を患者さんたちに読んでもらいたい、そんな気持ちがどうしてバカにされるんですか。せっかく私が選りすぐりの良書コーナーを作ったのに、どうして無視するんですか。みなさんがそんな態度だから、私が患者さんにいい本を薦めても、拒絶されてしまうんです。

あんたたちみたいな連中が、日本人を堕落させたのよ。

夕方当番・葉崎東高校有志

東高の今村です。さっき駅ロータリーあたりにパトカーや救急車とか来て、なんだか大騒ぎになってました。救急車はそのまま葉崎医大に入ったんで、顔見知りの事務スタッフのひとに聞いてみたけど、なにが起きたかよくわからないみたい。

とか書いてたら、看護師さんが駆け込んできて、ここのボランティアが大ケガをしたって。慌てて駆けつけたらこれが中野さんで、アタシ中野さんのうちや家族なんか知らないし、荻野ッチにケータイして相互会の五十嵐さんに連絡とってもらったりして、大騒ぎでした。
→のコメント読んでむかついてたんだけど、てかその前からやなヤツだと思ってたけど、血まみれの中野さん見たら、マジ吐きそうなほどショックだった。

三月二十七日（土）　午前当番・五十嵐（相互会）

昨日はたいへんでした。まずは事実関係の報告から。
夕方の四時すぎに、駅前にある駐輪場の屋上から、何者かが通りにめがけて自転車を投げ捨てたそうです。中野さんをふくむ三人が落ちてきた自転車にあたってケガをした。中野さんは転倒した際、歩道に頭を打ちつけ、一時意識不明でしたが、けさがた意識を取り戻し、一安心といったところ。ただ、頸椎(けいつい)をいためているのでしばらく入院することになるようです。

午後当番・時枝（相互会）

中野さんの災難には深くお見舞い申し上げる。が、先ほど聞き込んだところでは、中野さんと一緒に怪我を負ったのはあのココロちゃんだそうで、やっぱり事件であったようだ。その件で警察は五十六歳の女を重要参考人として事情聴取中だと、お昼のニュースでやっていた。ここのスカイレストランで医者と看護師が話しているのを小耳にはさんだのだが、問題の女は先日ココロちゃんを迎えに来た香坂さんとかいう教団のおばさんらしい。

夕方当番・葉崎東高校有志

ココロちゃんには生命保険がかかってたって聞きました。ほら、あの以前に女房殺した容疑で逮捕された清掃業者の社長、あいつがかけたんだって。ココロちゃん本人もそのこと知ってて、全然気にしてなかったらしいけど、いまの受取人誰なんだろうね。

三月三十一日（水）　午前当番・島（相互会）

けさ、一般病棟に移られた中野さんのご尊顔を拝みに行ったら、絶対安静だとかでまだ青い顔で寝てました。ちょうどお子さんたちが愛読書を届けに来てたので、失礼したんですが。

ココロちゃん連続殺人未遂事件の犯人、逮捕されましたね。けさのニュースで見ました。香坂さんってひとだったそうな。

ココロちゃんは月曜日には退院したそうだけど、やっぱり教団に戻ったのかなあ。

午後当番・時枝（相互会）

中野さんの見舞いに行ったら、読書に夢中でこちらにも気づかず。いったいどんな良書をお読みなのかとそっとのぞきこんだらリンダ・ハワードで、見なかったことにして引き揚げてきた。

夕方当番・葉崎東高校有志

東高の荻野っす。あの中野のババア……じゃなかった、中野さんがリンダ・ハワードだって、もう笑っちゃったよ。あれって超エロ小説じゃん。あれが愛読書って、なんなんだ。

ところで、中野さんコーナーにあったバリバリの良書らしい『洞穴学(どうけつがく)ことはじめ』って岩波(いわなみ)新書をナニゲに読み始めたんだけど——これ、アタシ借りて帰ります。

卯月

〈葉崎警察署に保管されている三本のビデオテープより〉

〈一本目のテープ〉

「四月一日木曜日午前十時。三月二十六日に発生した殺人未遂事件について、被疑者香坂多美恵(たみえ)に対する取り調べを開始する。場所、葉崎警察署取調室第三号。担当、刑事課駒持(こまぢ)」

――すみません、所属と肩書きをちゃんと言ってください。

「あ？　めんどくせーな。葉崎警察署刑事課・司法警察官・駒持時久(ときひさ)警部補。取り調べ監督官殿、これでいいか？」

――はい、けっこうです。

「(被疑者に向かって)堅苦しくてすまねえな。昔はこんなことなかったんだけどよ。ほら、取り調べの可視化実験だとかで、ビデオがね、まわってんの。だからまあ、アンタはある意味じゃ安全なわけよ。たとえばさ、オレたちがアンタの犯行と決めつけて、うまいことシナリオを作って、それに沿ってアンタから強引に証言とろうなんてマネはね、録画テープがあればできないってことになるわけ。だから、そんな不安そうな顔しなくていいから。アンタのためのビデオだからね」

「……」

「じゃあ、まあ、始めっか。ええと、香坂多美恵さんだね?」

「……はい」

「生年月日と本籍地、現住所はここに書いてあるとおりだね、確認して」

「間違いない」

「そんな斜めから見なくても。ま、いいか。で、アンタ三月二十六日に駅前の駐輪場の屋上から自転車を一台、歩道めがけて投げ落としたね」

「アタシじゃありません。やってない。何度もそう言ってるじゃないか。なのに、なんで逮捕なんか。うちの教団が世間から白い目で見られてるのいいことに、なんでもアタシたちのせいにしようとしてんじゃないのかい！」

「まあまあ、そう興奮しないでよ。座ろうか。ね、座ろう。……あのねえ、警察も裁判所も、独断と偏見で動いてるわけじゃねえんだよ。いいから、まあ聞きなよ。香坂さん、アンタが容疑を否認してるのに逮捕状が出たってことはさ、裁判所がオレたちの集めた証拠から、アンタを被疑者に足ると認めて逮捕状を出したってことだ。つまり、動かぬ証拠がいくつも出てきてるの」

「そんなの……」

「これ、わかる？　投げ落とされた自転車の写真。この丸で記してあるところから指紋が出てる。いくつかは持ち主である女子高生の指紋だったんだけどね。残りの指紋のうち十五個が、アンタの指紋と一致してるんだよね」

「た、たまたまだろ。ついうっかり他人の自転車にさわっちゃったなんてこと、誰にだってあるだろ」

「アンタの指紋があったのは、サドルの下の棒と、ハンドルの真ん中や下の棒。たまたまこんなとこ、さわるかねえ」

「さわったんだよ！」

「でもねえ、持ち主が言うには、この自転車、事件直前の二十四日に友人から譲ってもらったばっかりだった。友人もそれを認めてる」

「だからなにさ」

「持ち主は二十四日から事件直前まで、もらった自転車を自宅の車庫に置いていた。初めて使ったのが事件の当日。東銀座の似勢屋に桜餅買いに行くんで乗って、駅前の駐輪場に停めておいたわけ。駐輪場入口の防犯カメラによれば、時刻は午後四時十二分。同じカメラに事件の瞬間が映ってて、これが四時三十一分だった」

「だからアタシの指紋が残ってるのはおかしいとでも？　バカにすんじゃないよ。元の持ち主が使ってたときにアタシがさわったって考えれば別におかしくないだろ」

「〈メガオニクリーナー〉って知ってる？」

「……は？」

「テレビ通販で売ってるんだよ。このクリーナーを使うと、どんな汚れもきれいにふき取れますって。水で薄めてスプレーすると、バーベキューのあととか黒ずんだコンクリートの三和土（たたき）とか油がこびりついたガス台とか、ちょっと置いてこすって洗い流すと、ぴっかぴかになるんだよ。これがけっこう快感でさ。女房に言われて掃除始めたら、止まらなくなっちまって、いまオレんち、真っ白」

「ちょっと。なんでそんなくっだらない話聞かされなきゃ」

「だから、友人は自転車を掃除したんだよ、いまの持ち主にあげるまえに。〈メガオニクリーナー〉で。隅から隅まで。ぴっかぴかにしたんだ」

「……」

「おかげで元の持ち主の指紋は、ハンドルにしか残ってなかった。新しい持ち主の指紋も、ハンドルやベル、サドルと荷台にあっただけ。本体にあったのはさあ、香坂さん。アンタの指紋だけなんだよ。これがどういうことかわかるね」

「……」

「もう一度訊こうか。アンタ三月二十六日に駅前の駐輪場の屋上から自転車を一台、歩道めがけて投げ落としたね」

「……」

「ちゃんと認めたほうがいいよ。言い逃れできないのはわかるだろ」

「……やったよ」

「うん。やったんだね」

「やったけど、別に殺人とかそんなんじゃないよ。いろいろあって、イラついてたから、気晴らしに自転車放り投げたら面白いかって。まあ、誰かがケガくらいするかもしれないとは思ったさ。だけど殺人未遂だなんて」

「香坂さんよお。アンタいまいくつよ。頭の悪い中学生じゃあるまいし、大のオトナが気晴らしに自転車放り投げるわけないだろう。下は人通りの多い駅前の歩道だよ？」

「やっちゃったもんはしょうがないじゃないか。だいたい、全部アンタらが悪いんだよ。北社長が逮捕されて、うちの教団は殺人教団呼ばわり、保険金殺人の黒幕は星見さまだなんて週刊誌が書き立てたり。だからアタシだってイラついたんだよ。北社長が保険金かけて奥さん殺してたって、アタシらとなんの関係があるんだよ」

「関係ないの？」

「あるって北社長が言ってるのかい。え、どうなんだよ。言ってないだろ。あくまで自分のためにやりましたと言ってるって、ちゃんと新聞で読んでんだ。バカにしないどくれ」

「あ、そうだ。その保険金のことなんだけどよ。ちょっとこの写真見てくれる？誰だかわかるね。……斜めに見るなって。ちゃんと見て」

「知ってるよ。アタシが面倒みてやって、教団にも入れてやったんだ」

「アンタの投げた自転車にあたってケガした三人のうちのひとり、十七歳の女のコ。葉崎ＦＭでやってた投稿番組じゃココロちゃんって呼ばれてたコだよね」

「……それがなんだよ」

「かわいがってたコがアンタのせいでケガしたんだ。なんだよってことはないだろう」

「わ、わざとしたわけじゃないよ。だいたいあのコは疫病神にとりつかれてるんだよ。警察と病院を行ったり来たりしてんの知ってるだろうが」

「知ってるよ。知ってるけどさ、先月はさすがのココロちゃんも病院に行く回数が多すぎて、葉崎医大の救急救命センターのお医者さんたちから警察に相談が来たくらいだからね。えーと、あれ、どこにメモったかな。……ああ、あった。えへん。まず三月二日に歩道を歩いていたところ、突き飛ばされて車道に出て、ひかれずにすんだものの転んで手首をねんざ。翌三日、下痢と吐き気で救急搬送。六日、歩いていたらビルから植木鉢が落ちてきて頭部打撲。十二日、急性アルコール中毒。十八日、ひき逃げ、このときは五日間の入院。で、二十六日には屋上から降ってきた自転車にぶつかる。――いやはや、すさまじいもんだね」

「なにが言いたいんだい」

「いくら疫病神にとりつかれてるからって、ちょっとこれ、ひどすぎるだろう。医者じゃなくたって、疑いたくなるよね。誰かがココロちゃんを殺そうとしてるんじゃないかって」

「それがアタシだとでも？　冗談じゃないよ、なんでアタシが」

「調べてみたんだけど、スターブライトクリーニング社は社長が逮捕されてもなくなったわけじゃない。いまの社長代理は香坂さん、アンタだってね」

「……そんなの、名前だけだよ」

「で、働いていたココロちゃんにも生命保険がかけられてて、受取人はスターブライトクリーニング社。要するに、アンタってわけだ。事件が起きて、現在は会社は開店休業状態。北社長の家に居候している信者も十人以上いるわけだし、お金が必要だなあ」

「勝手に決めつけないでもらいたいね。なんだよカネカネって、意地汚い。世の中には金じゃ動かない人間だっているんだよ」

「ふうん。それはたとえば天宮星見のためなら動くってことか」

「……」

「星を見るってしかし、すごい名前だよな。オレなんか、近眼の上に老眼が進んで、最近じゃ星を見るのも一苦労だ。アンタ、オレとは同年配だろ。同じ苦労があるんじゃないのかね」

「……うるさい」

「ひょっとして、星なんか見えてなかったりして。まあ、だったらあんな教団にはいないか。星の見えない信者に用があるとも思えな……おいおいおいおい。やめろ。やめろって。暴れるなって。いたい、こら、わーっ！」

——取り調べを一時中断します。

〈二本目のテープ〉

「あらためて、と。四月一日木曜日午前十一時二分。三月二十六日に発生した殺人未遂事件について、被疑者香坂多美恵に対する取り調べを再開する。担当、葉崎警察署刑事課・司法警察官・駒持時久警部補。……もう、落ち着いたかい」

「ふざけんな、バカ」

「そんなおっかない目でにらまないでくれよ。オレなんか気が弱いんだからさ。香坂多美恵さん、本籍地と現住所、生年月日は……」

「間違いない」

「早っ。ホントに間違いない？　ちゃんと見てよ」

「み、見たよ。間違いない」

「そう。それじゃ、と。保険金のことはまた訊くことにして、ココロちゃんの他のケガやなんかについて訊こうか」

「ちょっと。アタシが逮捕されたのは、自転車の件だけだろ。他の事件について訊くのはおかしいんじゃないかね」

「あれ、事件？　やっぱり香坂さんも事件だと思ってるんだ」

「……」

「他の事件にもアンタが関わってるってことになれば、自転車の投げ捨ては衝動的な憂さ晴らしじゃなく、ココロちゃん殺人未遂だって証明になる。だから、自転車事件だけじゃなくて他の事件についても訊かなきゃなんないわけよ。とりあえず、この写真見てもらおうか。なんだかわかるかい？」

「ゾウリ……じゃなくて、靴跡」

「そう、靴跡。中国製のスニーカー、サイズは二十一センチ。これ、駐輪場の屋上の現場から見つかったんだけど、香坂さんの靴跡で間違いないね」

「同じスニーカーはいてる人間なんて、他にいくらでもいるだろ」

「うん、神奈川県に三十店舗はあるスーパーのオリジナル商品だからね。それにしても派手でめだつスニーカーだ。オレンジとピンクだもんな」

「アタシにはきれいなスニーカーは似合わないとでも言うのかっ」

「ほらまた。国民の血税で買ったデスクを蹴飛ばすなよ。――ともかくこれだけめだつから、あの日の午後、駐輪場に出入りしたひとの靴を防犯カメラでチェックできたわけ。ひとりいたよ。それがこの写真。グレーのパーカかぶってる、コレが香坂さんだね。ピンクとオレンジのスニーカーはいてる。で、他にはいないんだよね。このスニーカーはいてる人間」

「刑事さんさあ、他の日のことは調べたのかよ」

「いや」

「調べなよ」

「その必要ないんだよ。事件の日のお昼頃、大雨が降っただろう?」

「ああ……」

「だから午後だけ調べりゃよかったんだ。な、これ、アンタのスニーカーだよな」

「……ふふん」

「おや？　オレなんか笑えるようなこと言った？」

「アタシはね、自転車を投げ落としたのが自分だってはっきり言ったんだよ。いまさらスニーカーがアタシのだったらなんなんだ」

「じゃ、犯行当時このスニーカーをはいてたことは認めるんだね」

「ああ、それは認めるよ」

「それじゃ、次にこの写真見てくれよ。なんの写真だ？」

「……靴跡だよ」

「そう。どこで採取されたか、わかるかい」

「知るわけないだろ」

「三月六日、ココロちゃんの頭の上に植木鉢が落ちてきた。この植木鉢が落とされたビルの屋上に出るドアの前の床に残ってたんだよ」

「……」

「植木鉢の件は事件にならなかったから、鑑識が調べるまで二十日もたってたが、あのビルは三階から五階までテナントが撤退して空きビルになってるからね。こうして靴跡が採取できたってわけだ。よく見てみな。ほら、同じ靴跡だろ？」

「……同じタイプのスニーカーってだけだろ。同じ靴跡かどうかなんて」

「サイズも同じ、二十一センチ」

「二十一センチのスニーカーはこの世に一足しかないってか」

「それじゃこの傷は？」

「……」

「ほら、このかかとの左側にくさび形の傷がある。こっちの靴跡にも、こっちの靴跡にも」

「……」

「重ねて透かしてみようか。ほら、ぴったり重なる。同じ傷なんだ。つまりこれは同じスニーカーの跡で、アンタの靴跡で、アンタは植木鉢が落とされたビルの屋上に行ったことがある、ということになる」

「……」

「上半分廃墟のビルに用事があったとは思えない。アンタがやったんだね。アンタがココロちゃんの頭に植木鉢を落とし、殺そうとした」

「ま、待っとくれよ。認めるよ。……確かにアタシは植木鉢を落としたよ。だけど、わざとやったわけじゃないし、あのコを狙ったわけでもないよ」

「だったらなんで、植木鉢を屋上から落としたんだ？」

「それはその……憂さ晴らしっていうか」

「（ため息）おいおい、香坂さん」

「だってホントなんだよ。たまたま落としたら、偶然そこにあのコがいて……そういうコなんだよ。あのコはものすごく運が悪いから、そういう目にあったんで……」

「教団のひとに聞いたんだけど、アンタ三月六日に、ココロちゃんをあのビルの下に呼び出してるよね」

「……」

「新しい仕事を紹介するから朝九時に来るように、そうアンタがココロちゃんに話しているのを、信者のひとりが聞いてたそうだ」

「あのコもそれ、認めてるのかい？」

「……いや。細かいことは覚えてないそうだ」

「だろうね。そういうコだもん。刑事さん、アタシは否認するよ。呼び出してない。その信者っていうのは誰だか見当がつくよ。甘ったれたお嬢ちゃまが親に反抗してうちに転がり込んできたはいいが、集団生活にうんざりしたけど家には戻れない。いっそ教団がなくなっちまえば大手振って家に帰れる、そんなこと考えて嘘ついたんだ」

「べつに、アンタが殺人未遂罪に問われたところで、教団はなくならないだろう」

「……」

「アンタが教団を支えてるわけじゃないんだ。少なくとも、天宮星見はそう言っていた。香坂は熱心すぎて、暴走するんじゃないかと心配しておりました、ってね」

「……」

「お金のことなら心配いらないと何度も申し聞かせましたのに、香坂はひとりで不安がっておりました。やっぱり、過去がトラウマになっているのでしょうねえ」

「……」

「嘘じゃないよ、ほら。天宮星見の供述調書。ここにちゃんと書いてあるだろう。『香坂さんは夫が借金まみれとなり、女も作ったことで離婚にいたったそうですが、その女が資産家で、夫の借金も片づき、三人の子どもたちも夫とその女の元で生活をするようになったそうです。だからお金がなくなるのがこわかったようで、おまけにガン……』」

「うるさい。うるさいんだよ、黙れ、うるさーいっ」

「わあ、暴れるな。こらおちつけ。やめろ。やめろって、いてっ、おいちょっと、おさえろ。アンタも手を貸してくれ。おい、あっ、なんてこった。うわーーっ!!」

——取り調べを一時中断……ぎゃーーっ!

〈三本目のテープ〉

「四月二日金曜日午前十時五分。三月二十六日に発生した殺人未遂事件について、昨日午前中に中断した、被疑者香坂多美恵に対する取り調べを再開する。担当、葉崎警察署・駒持時久警部補」

——駒持警部補、場所が抜けています。

「あ? そうだった? ええと、場所は葉崎警察署取調室第五号。それで、と……」

——駒持警部補、所属も抜けています。

「いちいちうるさいな。抜けたのはアンタの毛だろ」

「ふっふふ」

――駒持警部補！

「冗談だって。そんなに気にしなくてもいいじゃねえか。ちょこっとむしり取られただけなんだから。（小声で）いまさら同じだろうがよ」

「ひっひひひ」

「おい、笑ってる場合じゃねえんだよ。最初に言っただろ、この取り調べはビデオ録画してますよって。香坂さんが大暴れして、ただ立って見てるだけの警察官に暴力をふるったところもバッチリ撮られてるんだよ。あの映像見たら、誰だってアンタは暴力的傾向のある危険人物と思う。状況を考えろよ」

「……すみませんでした」

「いまさら謝られたってしょうがないけどさ。で？　昨日までの話になにか追加することは？　自転車と植木鉢を高いところから落として、ココロちゃんを殺そうとしたってこと以外に、なにか言いたいことは？」

「刑事さん、アタシは殺そうとなんかしてない。下にあのコがいたことも知らなかった。ただの憂さ晴らし。ひとさまにケガをさせたのは悪かった。反省文ならいくらでも書くよ。だけど……」

「これ、見てもらおうか。なんの写真だ？」

「……車。紺のセダン」

「そう乗用車の写真。以前乗ったことは？」

「ない」

「ホントに？」

「なんだよ、アタシの指紋でも出てきたのかい」

「その通り」

「そんなはず……」

「うん。きれいに掃除されてたな。けど人間のやることには必ず抜けがあるし、うちの鑑識ってのはまた、その抜けを見つけるのが得意でね。ほら、これだ。シートベルトの留め具の脇に、部分指紋が残ってた。こいつがアンタの左の薬指の指紋と一致した」

「……」

「どういうことなんだろうね。説明してもらおうか」

「……指紋が出てきたからって、アタシがひき逃げした証拠にはならないよ」

「うん？」

「いいよ。しかたがない、認めるよ。アタシはこの車に乗ったことがあるんだ。スーパーの駐車場で見かけたんだ。持ち主は荷物でも取りに行ったんだろうね、ドアも開けっ放しでキーがついてた。ほんの出来心だよ。ちょっと乗ってみて、でもこわくなってすぐ降りた。だからさ、刑事さん。あのコをひき逃げしたのはアタシじゃないんだよ。アタシが逃げたあとにあの車を見つけた誰かが盗んで、暴走させて事故を起こした。それだけのことだろ」

「アンタがたびたびケガをさせたコを、偶然にもアンタが無断乗車した車で？　それ、信じるヤツいると思うか」

「だってホントのことだもの」

「どうしてわかった？」

「なにがだよ」

「この車がココロちゃんをひき逃げした盗難車だって」

「それは……ニュースでそんなこと言ってたし……」

「ちょっとした手違いがあってね。報道じゃ車はワンボックスカーってことになってたんだ。セダンじゃなくてね」

「……」

「だから、それを知ってた香坂さんはやっぱりひき逃げ犯としか考えられないってことになる。なあ、先月の六件のココロちゃんの事件、そのうち少なくとも三件がアンタの仕業だ。偶然じゃ通らないよ」

「……」

「実は、すごく気になってることがあってな。香坂さんがなんで昨日二度もキレたのか、取り調べでの態度とか、なぜ六回も実行したのに結局殺せなかったのかとか。二度もキレたのは、尊敬する天宮星見の話が出たからかとも思ったんだけど、違うな。一度目はオレが星が見えないって話をしたとき、二度目は『だからお金がなくなるのがこわかったようで、おまけにガン……』ええと、眼科で診てもらったら、目がそうとう悪くなってるってことがわかった、って話の途中……暴れるなっ、座ってろ」

「……」

「暴れてもムダなんだよ。アンタは目が悪い。よく見えてないんだ。だから靴跡をゾウリと間違えるし、よく見えてないのをごまかすために、本籍地や現住所の表記を確認できてるふりをした。やりすぎて、早く返事したのもそのためだ。斜めにものを見ているようだったのも、そうだ。視界の中央が歪(ゆが)んでるんだろ？　おまけにココロちゃんに狙いどおりに植木鉢や自転車や車をぶつけることもできなかった」

「……アタシは……ひき逃げの車はセダンだと思いこんでて……目のことは関係ない、アタシの目は問題ない、アタシは誰も殺そうとしてない」

「いまさらそんなこと……」

「アタシはやってない。あのコは偶然、災難に巻き込まれやすい性格で、だから周囲が迷惑するだけ。誰に聞いてもらってもそう言うさ。調べておくれよ、アタシはひき逃げなんかしてない」

「じゃあ、色はどうだ？　車の色がなぜ紺だってわかった？」

「……え？」

「モノクロなんだよ、この写真」

〈香坂多美恵の供述書（抜粋）〉

……去年の七月のＵＦＯ騒動のとき、私は押されて道から下の海岸に転げ落ちました。一瞬、気が遠くなって、でもふとわれに返ったら女の子が私の下敷きになっていて、それが被害者との出会いでした……

目の不調に気づいたのは一年ほど前からです。みんなが見えるという星が見えなかったり、視界の中央が歪んで見えたりするようになった。〈星の滴教団〉では、星を見ることが儀式上きわめて重要です。もし、見えなくなってしまったら、私は教団にいられなくなると思いました。家族のいない私にとって、教団は最後の居場所なのに……

……天宮先生は以前から、新国美術館で盗まれた『青い壺と女』という絵に強く執着しておられました。女が水面に映った星を見ている、というこの絵の構図に惹かれてらっしゃったのだと思います。被害者が盗難事件に関わっていたと知ると、私に被害者を取りこむようにお命じになりました。目のことで不安を抱いていた私は、喜んでその使命を果たそうと……

……偶然にも北社長が『青い壺と女』を持ち帰り……

私は自分ひとりの意思で、保険金詐取を目的に犯行を計画・実行いたしました。被害者にも教団のみなさまにも、本当に申し訳のないことをしたと思っております。

……誰にも教唆(きょうさ)などされていません。私ひとりの犯行です。

皐月

〈渋澤健一郎より、町井瞳子への手紙〉

拝啓　さわやかな風の吹く五月に入り、町井瞳子くんには恙なくご清祥のことと拝察申し上げます。こちらは一昨年の三月、葉崎市立第二中学校での教職を定年で退きました。現在では、小さなフリースクールに再就職いたし、これまでと変わらず忙しい日々を送っております。

さて、ぜひとも町井くんにお教え願いたいことがあり、久しぶりに手紙をしたためました。

娘、武子は町井くんとは同じ新聞部に所属しておりましたから、あるいはご記憶かと思います。いきさつは省きますが、都内でひとり暮らしをしている間に、娘は心療内科に通院するようになり仕事も辞め、一昨年の夏頃から葉崎の家でともに暮らすようになりました。

生まれ育った葉崎の海で散歩などしながら、のんびりとすごせば、武子の心もずいぶんと癒されるのではないか、と期待しておりました通り、こちらに来てからの武子はおだやかな表情になり、少しずつでも元気になっていくのではないか、と私どもも安堵していたのでございます。

ところが、どういうきっかけからか、武子は〈星の滴教団〉なる宗教に勧誘され、すっかりその教えにはまってしまいました。

娘が説明してくれたところでは、なんでもその教えというのは、遠く宇宙より舞い降りた星の光を浴びることで、宇宙との同一化をはかり、その結果今世来世を問わずあらゆる生命体との交信を可能にできる、というもので——こうして書いていても、わかったようなわからないような（そういえば、町井くんたちの学年にはUFO研究会がありましたね。宇宙と交信するんだといって、夏休みの深夜に学校の屋上で手をつないで輪になってた生徒に説教したことを思い出しました）。

わけがわからないながら、この教団、信者を監禁拘束するということもなく、武子は家に帰ってまいりますし、教団のためだなどといってアルバイトをすることはありますが、全財産を差し出せなどということもない。入信してからの武子は心療内科の先生が驚くほど病状が安定し、服用しておりました向精神薬の類もその量を減らすことになったわけで、私どもといたしましても、武子に心の支えができたことをむしろ喜んでいたのであります。

しかしながら、この教団と保険金殺人との関連が取りざたされ、逮捕者が出た。ようやく落ち着いた先月、ふたたび新たな保険金殺人未遂事件により別の逮捕者が出たことは、すでにご存知でしょう。

また、三月には、修行中の信者たちがなぜか溺れかけるという事故も起きました。武子も溺れかけたひとりでして、連絡をもらって葉崎医大病院に駆けつけたときには、まったく寿命が縮む思いでした。

幸い、命に別状はなく、三日後には退院できたのですが、私どもも武子には、しばらくの間、教団とは距離をおくように言い含めたのです。しかし、それがかえっていけなかったのか、武子は翌日家を出て、教団の中心となっております例の清掃会社社長宅に引きこもってしまい、いっさい連絡がとれなくなってしまいました。

あれこれ考えましたすえ、私どもは井上喜美子（いのうえきみこ）さんを頼りました。ご結婚後は二村喜美子さん、現在、葉崎警察署の生活安全課で警部補として働いている町井くんの元クラスメートです。二村警部補が言うには、教団そのものの違法性は立証されておらず、武子も成人しているため親が強引に連れ戻すのは難しいとのこと。また、捜査そのものの担当ではないので、たいした情報は持っていないそうです。

ですが町井瞳子くんなら、教団内部に知り合いもいるようだし、例の信者が溺れかけた事件についても詳しく知っているはずである。彼女に問い合わせてみたらどうか、と二村さんにアドバイスをいただきました。溺れる者はわらをもつかむと申しますが、私はその言葉に賭けてみる気になったのです。

以上のようないきさつを鑑み、是非一度お時間をとっていただき、会ってお話などお伺いいたしたく、こうして一筆啓上した次第であります。ご連絡いただけましたらいつどこへなりとも参上する所存です。ご多忙中まことに恐縮ではありますが、不肖の娘を持った老い先短いかつての担任教師を哀れと思し召し、なにとぞよろしくご配慮のほどお願いいたします。幸便が舞い込みますよう念じております。

末筆ながら、葉崎ＦＭでのご活躍、心より応援いたしております。ご自愛をお祈り申し上げます。

敬具

五月二十一日
渋澤健一郎

町井瞳子さま

付白　老妻が庭でとれた杏で作りました杏酒を別便でお送りいたしました。お口に合えば幸いです。ご賞味ください。

〈町井瞳子より二村喜美子警部補へのメール〉

ちょっと！　あんたいったいシブケンになにふきこんでくれちゃったのよ。ゆうべ毛筆の巻紙って、時代劇みたいなものすごい手紙が届いたんだけど？　あたしはね、タケコが〈星の滴教団〉にいることも知らなかったし、教団内部に知り合いもいない。ココロちゃん……は知り合いのうちに入らないでしょうが。

例の崖下でみんなが溺れそこなったってハナシは、アシスタントの西島幸人が犠牲者のひとり（って、死んでないけど）だから、ある程度は知ってるけどさ。サイトーによれば、あのとき、こけて足を滑らせて流れにのみ込まれ、まっさきに溺れかけたのは、やっぱりココロちゃんだったんだってね。

病院でココロちゃんの隣のベッドにいたっていうサイトーは、あのコが受けてた事情聴取も聞いてたらしい。こないだ逮捕された香坂って女のススメであのコが〈星の滴教団〉に入ったのは間違いないみたい。

「だってぇ、住むとこないしぃ」

刑事さんの事情聴取に、ココロちゃんはフツーに話してたそうだ。

「ただで家に住まわせてくれるしぃ、ツメの間に刺さった破片とかもとってくれるしぃ、いいひとたちでしょぉ。ハダカで雨合羽みたいの着て、海岸で踊るくらい、いいかなあって。なんのためにそんなことするのかわかんないけどぉ、つきあいってもんもあるしぃ」

要するに、あのコはカルトがなにか、保険金殺人がどうした、そんなこたなにも考えてないね。

こうだから、シブケンに話せるネタなんか、なにもない。

なのに自家製の杏酒まで送ってくれちゃって、断りにくいったらありゃしない。

カンベンしてよ、どうしろってのよこれ。

取り急ぎ。返事よこせ。


〈二村喜美子より町井瞳子へのメール〉

あらまあ、あんたに手紙、いったんだ。渋澤先生もよっぽどせっぱ詰まってるんだわ。

うん、確かに、先生に〈星の滴教団〉と武子のことで相談受けたよ。でも、警察が介入するには限度もあるし、ムリに引きずり出すわけにもいかない。

おまけに警察ってのは縄張りとかなんとかややこしくって、担当違いの案件に手を出すわけにもいかないんだよね。ヘタすると、武子を助け出すどころか、わたしのクビが飛ぶ。

けどまあ、そんなに大騒ぎするほどのことでもないでしょ。

先生はわらをもつかむ気持ちで瞳子に連絡してきただけなんだし。いってみりゃダメでもともと。ちょこっと会って、知ってるかぎりのことだけ話して、安心させてやんなよ。

考えてみりゃ瞳子、さんざん渋澤先生の世話になってるじゃん。

夜道で声をかけてきた小学校の担任だった佐藤先生を、痴漢と間違えて殴り倒したときとか。あんとき佐藤先生、肋骨にひびが入ったんだよね。

修学旅行先の京都で、仏像の持ってた蓮の花、ぽっきり折ったこともあったよね。あれって十三世紀に作られた重要文化財だったんだよねえ。

給食のカレーを容器ごとひっくり返したとき、校長の車の屋根に飛び乗ってへこませたとき、台風が来てるってのに海にいって波にさらわれかけたとき。先生が瞳子のためにどんだけ頭さげたと思ってんの。

わたしらが卒業するまでに、渋澤先生の頭髪がどんどんさみしーい感じになった最大の原因は、ぜったいに瞳子だよ。

それ考えたら、ちょこっと会って、知ってることを教えてあげたっていいじゃない。それくらいしたってバチはあたんないよ。

ひとつだけ、ネタをあげよう。

逮捕された〈スターブライトクリーニング社〉の北史生社長、保険金殺人については認めたけど、〈星の滴教団〉のリーダー・天宮星見の関与は全面否認してる。ココロちゃん殺人未遂で逮捕された香坂多美恵も同じ。殺人教唆は立証が難しいし、みんなが天宮星見のご機嫌とるためにやっただけ、という線も成り立つわけ。

渋澤先生にとっちゃ、いい話じゃないけどね。要するに、監視は続けることになったとしても、いますぐに教団を解体するってことにはなりそうもないわけだから。

そういうことで。

〈町井瞳子より二村喜美子へのメール〉

わかった。会うよ。会えばいいんでしょ、シブケンに。

けどさあ。あんたも来てくんない？　あんたに古傷をえぐられたおかげで、いろいろ思い出させてもらったけど、これだけいろいろあったから、あたしシブケンが苦手なんだよね。

うちに呼ぶから、あんたも来て。杏酒好きでしょ。今度の日曜日。五月三十日。昼間。働く主婦に迷惑かけない程度、一時間くらいでいいから。ごはんも作るから。なんなら子どもも連れてきていいから。

杏酒にあわせてちょっと中華っぽい感じでどお？　チャーシュー風の煮豚と、蒸しナスと蒸し鶏のゴマ風味、カニチャーハン、うちの庭でとれたベビーリーフとモッツァレラチーズのサラダ、同じくうちの庭でとれたブロッコリとカリフラワーのマリネ……てなメニューでどんなもんでしょうか。なんならデザートに柏餅もつけるから。

お願いしますよ。

〈二村喜美子から町井瞳子へのメール〉

わかったわかった。緊急事態でもないかぎり、同席してやるよ。

その性格でどうしてってって思うけど、瞳子の飯はうまいからなあ。

じゃ、日曜日に。あ、そうだ。わたしも先生から杏酒もらったんだけど、まだ開けてないから持ってくわ。

〈二村喜美子から町井瞳子へのメール〉

悪い。子どもが熱出した。ドタンバで申し訳ないけど、行けない。あしからず。

〈町井瞳子から二村喜美子へのメール〉

なんだかたいへんなことになってきちゃった。

なにがどうなってこんなハメになったのか自分でもわかんないんだけど、これからシブケン夫婦と一緒に〈星の滴教団〉に行ってみることになりました。

って、なんでだよ！

えーと、まず十一時半にシブケン夫婦がうちにやってきた。手料理を振る舞って、そのあいまにココロちゃんの話なんかしてみた。警察は保険金殺人の犯人を逮捕したところで捜査が終わりと考えてるみたいだ、って言ったときには、ふたりとも泣きそうになっちゃって。ホント気まずかった。

あんまり気まずかったんで、例の杏酒を試してみることにしたのね。一口がぶっと飲んで……それ以降の記憶がほとんどない。

覚えてるのは、シブケンの奥さんに、

「この杏酒はウォッカでつけたもので強いんですよ、あんまりがぶがぶ飲まないほうが」

って言われたことと(だったら手みやげだって同じ酒もうひと瓶、持ってこなきゃいいのに)、あたしが、

「こんなとこでうじうじしてたってしょーがない。これからタケコに会いに行こう」

ってあおったことくらいだ。

わーっ。なに言っちゃってんだ、あたし！

でもうちから北社長の豪邸までは徒歩五分だし、行くだけ行ってみる。どうせ追い返されるんだろうけど、いちおう、手みやげに未開封のほうの杏酒持って。シブケンはあたしが親身になってくれるって感激してるから、これで昔の借りを全部返せるってもんよ。たぶん。

じゃ、行ってくる。


〈二村喜美子から町井瞳子へのメール〉

いまあんたのメール見てビックリしたんだけど。大丈夫なの？

〈二村喜美子から町井瞳子へのメール〉

瞳子？　ブジかい？

〈二村喜美子から町井瞳子へのメール〉

ニュースで見たんだけど、北社長の家が……帰ってきてるんならメールくれ。

〈二村喜美子から町井瞳子へのメール〉

瞳子？　生きてるんだろうね？

〈町井瞳子から二村喜美子へのメール〉

……し、死ぬかと思った。

でも生きてるよ、アタシもシブケン夫婦もタケコも。ついでにココロちゃんも。

落ち着いたら連絡する。

〈町井瞳子から二村喜美子へのメール〉

何度もメールくれたみたいで、ごめん。もうね、ゆうべは家に着くなり倒れてそれっきり。メイクも落とさず寝込んじゃいました。起きたら玄関の鍵は開けっぱなし、窓も開けっぱなしでお風呂は水出しっぱなし。ベッドに向かってひざまずいて頭だけのせて、その格好で寝てたってすごくない？　おかげでクビがまわらなくなってます。

で、なにが起こったのかというと……。

あれからあたしたち三人で、北社長の家に行ってみた。出てきたのはころころっとした感じの女のコで、用件を言うなりにこっと笑い、

「あ、武子さんのお友だちとご両親なんですかぁ。よかったぁ。またマスコミかと思ってましたぁ」

どうぞぉ、とドア開けてくれた。このコが誰だったのか、言うまでもないよね。

フツーに入れてくれたもんだから、あたしもシブケン夫婦もビックリ。あたしだけじゃなく、シブケン夫婦もまさかあげてもらえるとは思ってなかったわけね。

だからって、やっぱ帰りますってわけにもいかず、杏酒をココロちゃんに渡して入っていったら、広々としたリビングに点々と散らばっていたいわゆる「信者」とおぼしきみなさんが、こっちを見てぽかんとしてるじゃありませんか。

正直な話、一応はカルト教団なんだからさ。中がどんななんだか、期待してたわけよ。でも周囲を見まわしてみても、フツーのリビングなんだよね。特に暗いとか、仏像が飾ってあるとか、みんなで資金稼ぎに内職してるとかなくて、ただキャンドル使ってアロマオイルが焚かれてただけ。でも、アロマくらいうちでも焚くし。

噂の天宮星見らしき女性はおらず、そのせいか信者さんたちは寝転がって雑誌読んでたり、スナック菓子食べてたり。日曜日の昼下がりにふさわしいくつろぎかげんときたもんだ。

こーゆー場合、どうしたもんか、困っちゃうよね。酒の力を借りて乗り込んできた、みたいな状態が恥ずかしくなっちゃう感じなんだもん。

かといって、「はじめまして」っていうのもねえ。

でもとりあえず、おじゃましま～す、と声をかけてみたら、あうっ、と叫んで立ち上がったおばちゃんが、ものすごい勢いでココロちゃんのところへ駆けてきた。

「アンタ、なに無関係なひとを中に入れてんの！」

「でも武子さんのご家族だっていうしぃ。関係者じゃないですかぁ」

「違うでしょ。信者以外は入れちゃダメでしょ」

「でも、おみやげもいただいたしぃ」

タケコが奥でがばっと立ち上がった。そのまま黙って立ったまま。シブケン夫婦を見やったけど、こちらも黙ったまま。周囲もどうしていいのかわかんないらしくて、とりあえず黙ったまま。

リビングが沈黙につつまれる、という恐ろしい事態。リーダー的存在であるらしい、ココロちゃんを叱りとばしたおばちゃんがなにか言ってくれないかな〜と期待したんだけど、彼女もかたまってしまってる。

「いえ、あのね」

しかたなく、あたしは口火を切った。

「渋澤先生が武子さんのことを心配しててさ。ちょこっと話し合いなど……別に引きずって帰ろうとかそういうのじゃなくて、その、杏酒でも飲みながら、安否確認をさせていただければ、と……」

一緒になってかたまっていたココロちゃんが、それを聞いてなんだか安心したように言った。

「あ、そうですぅ。これ、いただいたんですぅ。杏酒なんですかぁ」

「そうそう、武子さんのお母さんのお手製」

「じゃあ、グラスに入れますぅ」

ココロちゃんは杏酒の入った瓶——ウイスキーの角の空き瓶に詰めてあったんだけど、それを持ってリビングの奥、たぶんキッチンへと通じるほうへすたすた歩いていって……。

あのね、〈ココロちゃんのぺんぺん草〉さんからのメール、あたし信じてたけど半分は信じてなかったんだよね。どっか作ってるだろうって思ってた。けど、目の当たりにしちゃうと、なんていうか、言葉をなくすね。

ココロちゃんはフツーに歩いてた。なにか障害物があったわけでもない、なのに急に足を滑らせて、「うわぁん」って言ったと思ったら前のめりになり、その手から杏酒の瓶が飛んだ。

瓶はきれーな弧を描き、焚かれているアロマの上に、狙ったように落ちたんだわ。

それからどうなったのか、警察にも消防にも何度となく事情を説明したんだけど。瓶が割れたんだかどうなんだか、がちゃーんって音がして次の瞬間、ものすごい炎がめらめらめらっと立ち上り、カーテンに引火して——気がついたときには全員外に立って、燃え上がる大邸宅を茫然と眺めてたってわけよ。

嘘とか夢かなとか思いながら、さ。

また連絡します。

水無月

〈葉崎在住の作家・角田港大先生の雑誌連載日記エッセイ『無頼派（ぶらいは）びより』より〉

五月二十九日（土）　晴れ。

去年の天気もひどかったが、今年もなんだかヘンな天気が続く。五月に西高東低の冬型の気圧配置に見舞われるなんて、誰が予想しただろうか。この分では夏は猛暑になるかもしれない。

覚えておいでだろうか、去年は葉崎で集中豪雨が起きて、葉崎山では土石流が発生し、我が家が半壊した。

あれから約九ヶ月。ようやく新居が完成し、次の日曜日には引っ越すことになりそうだ。

〈忙零庵（ぼうれいあん）〉と名づけた仮住まいともまもなくお別れかと思うと、なんとなくさみしい。

この家は葉崎東海岸近くの御坂地区にあって、敷地面積三百坪、築四十五年。門から母屋にむかう石畳は傾き、全体に強い湿気を帯びていて、玄関を開けると生臭い風が吹き付けてくる。

夜になると狸が出るわミミズクが出るわ、床下でアライグマの夫婦が子作りに励むわ。引っ越してきたばかりのころは、風呂場にナメクジがたくさん出た。

ここにいる間に書いた長編ホラー小説は、知り合いの作家Sによって「ハダが粟立つばかりのリアリティに満ちた角田港大の新境地」と絶賛された。Sは一度遊びに来て、以前の住人が仏壇を置いていったのがそのままになっている部屋に泊まったのだが、なぜか明け方の四時に、

「もう、この家にはいられない」

と起きだし、逃げるように帰っていった。

Sばかりではない。一度この家に泊まった編集者は二度と泊まらず、葉崎の〈亡霊庵〉と陰口をたたき、先生、銀座に引っ越されたら、横浜はいかがで、いい物件がありまっせ、と不動産業者の回し者のようなことを言ってくる。

私個人はといえば、この家がたいそう気に入っている。古くて、縁側が広々としていて、この季節でも蚊帳を吊らなければ眠れない。部屋はたいてい畳だから、あ

ぐらかごろ寝で一日がすぎていく。蚊遣りをたき、枕元に焼酎をおいて寝そべっていると、大家でもある農家の老婆が、

「センセーよ、これよかったら食べて」

と言って、キャベツや大根を置いていく。

これで月の家賃が四万円である。だから葉崎から離れられないのだ。

夕食・芥子（からし）ナス。アジの南蛮漬け。タマネギと桜エビのかき揚げ。大根とキャベツと豚バラ肉の蒸し煮。缶ビール六本。〈銀盤（ぎんばん）〉二合。


五月三十日（日）　夜は雨だったようだが、朝には曇りつつも日ざしが出て、暑い。

この蒸し暑さのなか、引っ越しの荷物整理はしんどい。

どうせ仮住まいなのだから、と多くの荷物は倉庫に預けたのであるが、それでも荷物はいくらでもある。洋風の家から純和風の家に引っ越したため、座布団とか、蚊遣りとか、蚊帳とか、いろいろと買いたしてしまったものもある。

せっかく床の間があるのだし、と季節の掛け軸まで買ったりもらったりした。数えてみたらこれが二十本近くある。新居はアーリーアメリカン風。どうする。

家の中もばたばたしているが、このところご近所も騒がしい。

御坂地区は、以前は別荘地として販売されていた土地であるから、うちにかぎらず敷地が広い。家も大きく古びている。交通の便が悪いから、学齢期の子どものいる家庭は住みづらい。だから住人も古びていて、若いひとは少ない。といって御坂というくらいだから坂が多く、足腰が弱ってきた老人は住んでいられなくなる。

要するに、よくいえば閑静、ありていにいえばうら寂れた住宅街なのだ。

うちから三分ほどの場所に、比較的新しくて大きな邸宅があった。ここは昨年から今年にかけて世間を騒がせた〈星の滴教団〉の信者の寄り合い所として使われていた。

そのため、この家の持ち主である清掃会社の社長が保険金殺人の容疑をかけられた年末から今年にかけて、それに多くの信者が海で溺れかけた二月、二度目の保険金殺人未遂が発覚したこの四月にも、各種メディアの取材陣がどっとやってきた。

私もメディアで飯を食っている手前、あまり悪口は言いたくはないのだが、この取材陣たるや行儀が悪い。取材対象が現れるのを待つうちに生理的欲求に襲われるのは気の毒だが、他人の家の塀に向かって小便をするのはいかがなものか。いくら田舎の住宅街でも、住人はいるのである。

我が家の隣は葉崎ＦＭのパーソナリティーである町井瞳子嬢宅なのだが、町井嬢の家はちょうど道からゆるやかに弧を描いて曲がっている。トイレにもってこいの場所だと思われたようで、かなりひどい目にあったらしい。

毎週土曜に葉崎ＦＭで放送している〈町井瞳子のライトハウス・キーパー〉という番組に、「みんなの不幸」というコーナーがあって、我が家はこれのファンなのであるが、あるとき番組内でこう愚痴っていた。

「たしか、開高健のエッセイで読んだんだけど、南米には鯉の滝のぼりみたいにおしっこをさかのぼって尿道から体内に入る寄生虫がいるんだってね。それ、うちの塀の前に撒いときたいくらいだわよ、まったく」

女房はおおいに同情し、うちの前に〈貸しトイレ　一回二百円〉という張り紙を出した。これをもって町井嬢の被害を軽減し、引っ越し費用にあてるという一石二鳥の妙案だったのだが、張り紙を出す頃には取材陣はいなくなっていた。

五月三十一日（月）　曇っているが薄日。ときどき雨。

午後、近所で火事があった。くだんの清掃会社社長宅から火が出たのだ。

いやはや、昨日の火事はたいへんだった。

昼食を終えて、例によって縁側に寝そべっていると、なんだかきな臭い。近くで叫んだり、悲鳴をあげているような声が聞こえてきた。

なにか起きているらしい、でも面倒だなと思ってごろごろしているうちに、騒ぎを聞きつけて奥から女房が飛び出してきた。しかたがないのでつっかけをはいてあとに続く。

例の清掃会社社長宅から黒煙が噴き上がっていて、信者らしい女たちや近所の住人が茫然とそれを見上げていた。

「消防に連絡したんですか、なかにひとは?」

そのうちのひとりを捕まえて訊いてみたのだが、はかばかしい返事はない。魂を抜かれたような顔つきで、なにやらご詠歌(えいか)のようなものをつぶやいている。〈星の滴教団〉というのがどんな宗教なのかさっぱりわからないが、御利益はあんまりなさそうだ。

とにかく消防に電話してみたところ、すでに消防車がこちらに向かっているということであった。地べたにへたりこんでめそめそしている女性を引きずってその場を離れさせたり、路駐の車をどけさせたり。思いつくかぎりのことをやっているのだが、ようやくあけたスペースに、信者どもがぞろぞろ戻ってしまったりするので目が離せない。

黒煙の中に炎が見えて、小爆発が起こり、窓ガラスが割れ、火のついた木のかけらがくるくるまわりながら飛んでくる。信者たちは悲鳴をあげる。怖いなら逃げてくれればいいのに、一、二歩さがるだけでその場から動かない。

それどころか、信者らしき若い女の子がひょっと手を伸ばし、その木のかけらを拾い上げ、

「あっつーい。いったーい」

と捨てたりする。女の子の手は見る間に真っ赤に腫れ上がり、彼女はべそをかいた。

「いたいですぅ」

「燃えてる木をわざわざ拾うか。なにやってんの」

そういって女の子の腕をつかんだのは、葉崎ＦＭの町井嬢だった。町井嬢は女の子をつれてそのまま自宅のほうへ駆けていき、女房がそれに続いた。

私はといえば、そのまま燃えている家を眺めていたのだから、信者たちのことは言えない。火が派手に燃え上がるさまというのは、人の心を激しく魅了する。結局、

駆けつけた消防隊員や警察官に規制線まで押し出されることになったのだが、その規制線の最前列に陣取り、消火がすむまで二時間あまりも口をあけて火事見物をしてしまい、激しく自己嫌悪に陥った。

こうなると、飲まずにはいられない。引っ越し荷物を減らすという名目もあって、この日はしたたかに痛飲した。

夕食・豚のショウガ焼き。ポテトサラダ。らっきょうの古漬け。さつま揚げ。缶ビール八本、バーボンロックで五杯までは覚えている。

六月一日（火）　曇り。蒸し暑いのが少しおさまり、海風が心地よい。

火事の続き。

社長宅は全焼したが、類焼もなく死者も出ず。怪我人がマヌケな女の子だけだったのは不幸中の幸いといえよう。

もっとも〈星の滴教団〉はそう思ってはいないらしい。教団のリーダーの天宮星見は、火事の当時留守にしていたが、戻ってきてこの惨状を目の当たりにするや、「これは宗教弾圧であり、わが〈星の滴教団〉に対する国家権力と悪魔の妨害行為であり、我々は断固としてこれと戦う」

との声明を発表した。

ただし、女房が発火当時現場に居合わせた町井嬢に取材したところによれば、アルコール度数の高い酒の瓶が、アロマを焚いていたキャンドルの上で砕けたことによる純粋な事故とのこと。

さらに、これは知り合いの記者から聞いたのだが、この火事でわれに返った一部の信者が、

「天宮リーダーは、花咲岬での事故の際、溺れる信者たちを見捨ててひとり逃げ、以来、なにかと理由をつけては信者たちとは会わないようにしている」

と言い出しているらしい。

天宮星見はこれまでにも何度か見かけたことがあるが、社長に前の奥さんを殺させたなどと言われるだけあって、すごいような美人。というか、すごいような美人がすごく食べすぎてしまったような女性である。おおかた次のパトロンをたらしこんでいるところなのではないか、とこれはその記者の憶測なのだが。

女房のほうは、あれから町井嬢と女の子を我が家へ連れて行ったそうだ。

女の子の手を水道の水を流しっぱなしにして冷やし、保冷剤を持たせ、軟膏(なんこう)を分

厚く塗って包帯を巻いてやった。本人はものすごく痛がっていたが、やけどで痛みを感じるのはむしろいい兆候である。深部が焼けてしまうと痛くないらしい。我が家に常備されている軟膏には、殺菌成分と局部麻酔剤が配合されている。

「いたいぃ。いたいんですぅ」

と大騒ぎしていた女の子は、やがて薬が効いておとなしくなった。そのうち町井嬢の恩師夫妻とその娘というのも現れて、女房は全員にクリームソーダなど出し、火災その他のいきさつをこもごも聞いた。女房は金棒引き——もとい、好奇心旺盛なのである。

警察の事情聴取を受けることになって彼らが立ち去ったあと、戻ってきた私に女房が言った。

「ねえあの子、ココロちゃんらしいわよ。町井さんに聞いたの」

私は驚いた。

私たち夫婦が〈町井瞳子のライトハウス・キーパー〉と、そのなかのコーナーである「みんなの不幸」のファンだとは先に述べたが、ココロちゃんというのは「みんなの不幸」中のスターだったのである。

なぜスターかといえば、これが驚くほどの不幸続き。今回の件でもわかるように、本人もそうとうなオッチョコチョイであるうえに、母親には捨てられる、物置に住まわされて大麻を育てさせられ逮捕される、キノコや貝で食中毒、バイトはクビになる、新しく清掃会社で働きだしたら掃除中の家が崩れる、しまいには保険金めあてに六回も殺されかける……あげるときりがないほどいろんな目にあっているからだ。

他人の不幸は蜜の味、というが、とにかくこのココロちゃんの話は悲惨である。悲惨だが、とりあえずおかしい。本人はもちろんそれなりに困っているのだが、伝わってくる感じがどことなくとぼけていて、なおおかしい。

このココロちゃんの不幸には、当然ながら作り話もまざっているだろうと思っていた。しかし、昨日の火事場での行動を見るかぎり、完全な実話という可能性も浮上してきた。足を滑らせて酒をキャンドルの上に放り投げてしまったと聞けば、なおさらである。女房によれば、町井嬢もその恩師夫妻も真顔でそう話していたそうだから、作り話ではないだろう。

夕食・夏野菜のカレー。コールスロー。缶ビール八本。最近飲みすぎなので、ビールだけにした。

六月二日（水）　曇りときどき晴れ。

ココロちゃんを下宿させることになった。

なぜそんなことになったのか。

火事の原因がココロちゃんのドジであって、〈星の滴教団〉から追い出されることになったのが第一。追い出されるもなにも、建物があんなったらあんな小さな教団には居場所などない。で、信者がみなちりぢりになった。

もともとココロちゃんが殺されかけた事件のあと、本人が教団に戻ってくるとは誰も思っていなかったようだが、本人はいたってフツーに戻ってきてしまった。追い出すわけにもいかずそのままにしていたら、これである。天宮星見にヒステリックに罵倒され、破門だと言われたそうで、カルトの肩を持つ気はないが、まあ、しかたないわなあ。

けさ、女房が葉崎の中心部に出かけ、美容院その他の用事をすませて昼頃戻ってくると、焼け跡にココロちゃんがしょんぼりうずくまっていた。行くところもなく、荷物も全部焼けてしまい、一文無しだという。

女房は捨て犬捨て猫の前を素通りできる鉄の女なのだが、さすがに今回はほうっておけなかったという。

「引っ越しがすむまで、日曜日までだから」

女房は言った。

「それまでに町井さんとも相談して、住み込みの仕事でも見つけてあげましょう」

平屋のだだっ広い家である。ひとりくらい増えてもどうということはない。そもそも女房に逆らうという選択肢が我が家にはない。

例の仏壇の部屋に客用のふとんと着替えをあたえると、ココロちゃんは嬉しそうにそこにおさまった。やけども治り、手はあとも残さずきれいになっている。

で、泊めてもらうお礼にと引っ越しの手伝いを始めたのだが、ダンボール箱を組み立てようとして押しつぶす。ガムテープが髪に貼りつき、とろうとしてもがいたあげくぐるぐる巻きになる。そのまま暴れて襖（ふすま）につっこみ、大穴をあける。

見ていて飽きないが、言うまでもなく手伝いになっていない。

夕食・アスパラとにんじん、チーズの牛肉巻き。キャベツ、しそなどの即席漬け。去年の梅干しでイワシの梅煮。冷や奴。蒸しナスのニンニクソースかけ。ビールがほとんどなくなり、こうなると引っ越しがラクになりすぎるのではないか、引っ越し屋もやりがいをなくすのではないかと気になって、海岸通りの酒屋に電話をし、四ケースほど届けてもらう。

六月三日（木）　晴れ。暑いが海は荒れている。

その荒れた海で泳ごうとして、D社の編集者アシモが来る。

小柄で踊るように動き、なにかプログラミングされている趣があってこう呼ばれるようになった。こうと決めたらちょっとやそっとでは考えを変えないのである。

「今日は角田先生の引っ越しの手伝いだといって出てきました。暑いですからねえ。海は最高です。ケッケケッケ」

麦わら帽、短パンにアロハ、ゴムぞうり。肩には浮き輪をかけ、みやげに水ようかんをさげている。いくら出版業界が他の業種にくらべて自由だと言ったところで、この格好を見て引っ越しと信じる上司はいまい。

「きみ、海開きは来月だ。悪いことは言わないから、引っ越しを手伝いなさい」

「ちゃんと当日には手伝いますから。あ、うちの編集長には早くに来てもらって助かった、と言っておいてくださいね。ケッケケッケ」

アシモはココロちゃんに興味を示し、一緒に泳ぎに行こうと誘う。女房がこれに賛成し、ふたりが出て行ったあと、小声で言った。

「あの子たち、いないほうが役に立つわ」

たしかに、荷造りは着々と進んだ。まだ使うものとしまってもいいものとを分けるのがたいへんというくらいだから、よけいな手伝いはいないほうがいいのである。昼過ぎて、イリコとカツブシでだしをとり、枝豆（まだ小粒）とソーメンをゆで、水でしめているとアシモとココロちゃんが戻ってきた。ふたりともぐったりしている。

「あの子はなんですね、面白い子ですね」

食事がすむと、アシモは声をひそめて言うのである。

「フツーに海に入ったんですよ。で、ボクの二メートルくらい先にいたんですよ。なのに見ているうちにどんどん沖に流されていきまして、気づいたら沖合で点になってまして、浮いたり沈んだりしているんですよ」

たまたま近くに訓練中のライフセーバーがいたとかで、

「すぐに連れ戻されましたけどね。なにが起きたんだか、誰にもわからないんですよ。ケッケッケ」

そのココロちゃんは「少しくらいお役に立ちたいですぅ」と言って庭を掃いていたのだが、いきなり転んだ。慌てて飛び出すと、庭石の隅にナメクジがすりつぶされている。ナメクジというものはめったに日の当たる場所になど出てこないと思うのだが、その「めった」が起こり、ココロちゃんは「めった」を踏んで滑って転んだのである。

夕食・魚政から握り寿司の出前をとる。アシモは意地汚く紅ショウガまで食べつくし、「寿司にビールは合いませんね、ケッケッケ」と言いながら缶ビール十本あけて、夜更けに帰った。


六月四日（金）　薄曇り。午後になって晴れ、台風並みの強風。夜になって大雨。

引っ越しのメドが立つ一方、ココロちゃんの身の振り方が問題になっている。

町井嬢が見つけたのは、マンションの保守管理会社の雑用係というもの。さっそくココロちゃんをつれて出向いていったが、

「昨日、社長が夜逃げしたそうです」

げっそりとして戻ってきた。

女房も藤沢のパチンコ店に住み込みの仕事を見つけたのだが、けさになってこれがダメになった。店に税務調査と入国管理局が入ったうえ、店員のひとりが指名手配犯だったことが判明し、新人を雇ってる場合ではなくなったそうだ。

とりあえず、六月分の家賃は払ってあるから、仕事が決まるまでここに住めばい

いわと女房がココロちゃんに言っていた。そうなると布団や座布団は放置しておいていいことになり、引っ越し作業は減ったわけで、ごろ寝する。

夕食・和風ハンバーグ、付け合わせに根菜や夏野菜をマリネしてオーブン焼き。グレープフルーツとアボカド入りグリーンサラダ。オニオンスープ。

久しぶりにワインをあけて葉崎ＦＭを聴きながら三人で食べていたら、天宮星見逮捕のニュースが流れた。


六月五日（土）　大雨続く。庭の木々が見えないほど降る。

天宮星見逮捕の続報。

われに返った〈星の滴教団〉の信者が、警察に話があると出かけていった。それを知った天宮が信者を追いかけていき、署の階段からこの信者を突き落としたという。とりあえず傷害事件なんだろうが、殺人未遂になりそうな気もする。

いずれにしても、これで〈星の滴教団〉はほぼ終わりじゃないだろうか。女房や町井嬢に言わせると、

「ココロちゃんが壊滅させた」

夕食の支度をしていると、町井嬢から女房に電話。天宮星見が出入りしていた横浜の資産家の老人宅から大金が紛失し、被害届が出ていた。そこで天宮星見の身柄を横浜の所轄署に移すことになり、車で移送したのだが、途中、大雨のせいで大型トレーラーがスリップし、多重追突事故が発生。移送中の天宮星見はこの事故に巻き込まれ、大ケガを負ったそうだ。

夕食後、ショックなできごとがあった。なにを食べたか思い出せず。

六月六日（日）　大雨まだ続く。

昨日の夕食後、葉崎山近くの知り合いから電話があった。大雨のため、葉崎山でまた土砂崩れがあったという。知り合いとはヴィラ・マグノリアという建て売り住宅街に住んでいる翻訳家のIさんなのだが、いまは近くの公民館に避難しているそうだ。

去年の土石流で家が半壊し、スコッチウィスキーとハードボイルドのコレクションが土砂に埋まった。やっと新居ができて引っ越しの前夜にまた。これはこたえる。けさになって、大工さんが様子を知らせてくれた。新居は無事だが、そこへ向かう道路（といっても山道で、二トントラックがやっと出入りできるほどの幅だが）

を土砂と七、八本の倒木が通せんぼしている状態らしい。
引っ越しは延期。町井嬢はこれを〈ココロちゃん効果〉と呼んでいる。

文月　ふたたび

七六・六メガヘルツ、葉崎ＦＭが二十二時をお知らせいたしました。梅雨が明ける前から、暑いですね。雨が降ってることは降ってるけど、なぜか夜にしか降らないので、梅雨だなあって気もしない。洗濯に困らないのはありがたいけどね。

葉崎南部町のラジオネーム〈疑惑の妻〉さんから。

『瞳子さん、こんにちは。昨日、暑さに耐えかねて、子どもを連れて猫島海岸まで行って来ました。もう開店している海の家があって、思わずレモンのかき氷なんか食べちゃいました。でもさすがにかき氷にも海に入るのにもまだちょっと早かった。そうそうに海から出て、あつあつのおでんでしめようとロッカーから財布を出して、見てビックリ。

確かにゆうべ、一万円札を一枚入れておいたはずなのに、なぜか入っているのは千円札が一枚だけ。とんでもない悲鳴をあげちゃいました。どうして。いったいなぜ。

　まさか、海の家の誰かがコインロッカーのマスターキーでわたしの財布から一万円をとって、千円札とすり替えたんじゃないだろうか。

　てなこと考えて、でもさすがに憶測だけで抗議はできず、おでんを食べたいと泣く子どもをなだめすかしつつ、わたしもぶんむくれて家に帰ったんですが。

　どういうわけかその晩、ダンナがみやげにケーキを買ってきました。そんなこと太陽が西から昇ってもしそうにない、月の小遣いがこれしかなくて、みやげなんか買えるわけないだろう、といつも言ってるひとが。

　でもってわたしと目をあわせようとしません。

　どう思います？』

　いやはや、どう思いますって、ねえ。うかつなことは言えませんが、話を聞くかぎり、そうとしか思えないんじゃないでしょうかねえ。まあ、今回は目をつぶるとして、お考え通りだった場合にそなえ、ダンナが味をしめたりしないように、金銭はがっちり保管しましょう。

　というわけで、毎週土曜、夜九時から深夜十二時まで、葉崎ＦＭがお送りする〈町井瞳子のライトハウス・キーパー〉、このあと、葉崎ローカルニュース、気象予報に続いて人気コーナー「みんなの不幸」なんで・す・が。

みなさま、お喜びください。あのぺんぺん草さんから久々のメールが来てますよ！　ぺんぺん草さんからのメールはえーと、半年ぶり？　ずいぶんなご無沙汰で、その間、わが葉崎ＦＭの独自取材によりココロちゃんの動向をそれとなくお伝えしてまいりましたが、今夜、本家で元祖の復活です。

まあ、なんですね、この半年、ぺんぺん草さんもかなりたいへんだったみたい。ほら、例の都内で起きた脱線事故、あれに巻き込まれて入院して、葉崎医大付属病院に転院して、退院して通学するようになってからもリハビリに通って。ま、くわしくは後ほどご本人のメールのディレクターズ・カット版でお送りすることになります。

あ、そうだ。

少し前からリスナーのみなさまからご心配いただいておりました、西島幸人ことアシスタントのサイトーくんですが、とっくに退院して仕事にも復帰しておりました。といっても松葉杖ついたままだったので、番組のアシスタントではなく、デスクでネット関係の雑用やらされてたのね。二月の半ばに大ケガして、退院したのが四月の終わりだったから、けっこう長い入院だったわけで、ギプスがとれたのも先月？　え？　先々月の末だったそうです。

なので、先月からちゃんとこの番組にも復帰してたんだけど、なんか出番がなかったんだわね。サイトーくんの話が出ないけど、死んじゃってるんですか、なんてメールをいただいて、瞳子ねえさんは驚きました。べつに、死んじゃいないって。

それと、これも三月頃の話だけど、葉崎ＦＭの聴取率調査の件。こちらもご心配くださる方からお手紙をちょうだいしました。

あらためてご報告こそしませんでしたが、結果としては、葉崎市と葉崎ＦＭの関係はこれまで通りとなっております。これも葉崎ＦＭを愛してくださる葉崎市民、リスナーのみなさまのおかげでございます。ありがとうございました。これからもどうぞ、よろしくお願いします。

では、ココロちゃんの話題の前に、葉崎ローカルニュースをお伝えいたします。

葉崎山では土砂によって通行止めとなっていた山道の修復作業が終了し、三日前、約四週間ぶりに開通しましたが、開通と同時にケガ人が出て、ふたたび通行が規制されています。

先月五日、降り続いた雨のせいで地盤がゆるみ、土砂崩れが起きて、葉崎山西側の通称葉崎山第三山道が土砂と倒木にふさがれていました。この第三山道は道幅が狭く、重機が出入りできないため、県と市の土木関係者による手作業での修復作業となり、復旧までにかなりの時間がかかりました。

　昨年の秋にも、ここから数百メートル離れた場所で家屋を巻き込む土砂災害があったことから、ゲリラ豪雨や台風等の大雨災害によりふたたび葉崎山西側付近で被害の発生が予想されます。そのため県と市では、第三山道の道幅の拡張や崖止めなどの対策を協議しているところでした。

　ケガ人は葉崎市在住の十七歳の女性で、第三山道の奥に自宅のある作家の角田港大さんの引っ越しの手伝い中に足を滑らせ、約三メートル崖下に転落し、病院で手当を受けましたがケガの程度は軽かったという……い!?

＊＊＊

葉崎ＦＭ〈町井瞳子のライトハウス・キーパー〉係
町井瞳子さま
ラジオネーム・ココロちゃんのぺんぺん草

瞳子さん、お久しぶりです。わたしのこと、覚えてらっしゃるでしょうか。以前、よくメールしていた〈ココロちゃんのぺんぺん草〉です。

長いことご無沙汰いたしました。実は、大ケガをして、長らく入院しておりました。

二月の初め頃、わたしの通う葉崎東高校で課外授業がありました。国立能楽堂でのお能の鑑賞会です。開場の一時までに各自自力で能楽堂までたどり着くように、というきわめて大ざっぱな学校側の指示に従って、わたしも十時頃、友人たち五人で出発しました。早めについて、東京でお昼ごはん食べようね、などと言いながらの気楽な小旅行だったんです。

それが暗転したのは、乗っていた列車の脱線事故。わたしたちは被害の大きかった二両目に乗っていたのでした。

事故の瞬間のことは、いろんなひとから訊かれたんですけど、正直、よく覚えていません。葉崎から出た直後は、友だちが持ってきた東京のガイドブック見ながら、ここのオムライス食べてみたい、とか、こっちのクレープ専門店ってのもいいかも、なんてしゃべってたんですけど、事故が起きたころにはそれにも飽きて、みんななんとなくうとうとしてたんです。

ひどい音がして目が覚めて、誰かにものすごい大きな声で呼びかけられて……気がついたら病院にいました。

あれだけの事故で五人ともケガですんだのは不幸中の幸いだって、親からも教師からも友だちからも言われたんですけど。

亡くなった方がいることを思えば、ホントにそうなんですけど。

大惨事大惨事って言われても、記憶がないからピンとこないんです。ただ、目が覚めたら右脚にギプスはめられて、おなかにでっかい手術跡ができてて、ベッドに固定されてて、トイレにも行けない。生まれて初めて感じる全身の倦怠感、痛み、イライラして不安でしかたがない。

この状態で、よかったね、と言われても……いや、よかったんだ、と思うようになったのは、事故のことをきちんと説明されてからでした。最初のうちは、誰に尋ねてもくわしいことは教えてもらえなかったんです。いわゆる、腫れ物に触るような扱い、だったわけですね。

わたしの席は車両の連結部分にいちばん近かったんですが、あとで新聞の現場写真を見てビックリ。わたしが座っていた場所はこてんぱんに破壊されてました。これならなるほど、幸いだったと言えるかもしれません。

とはいえ、他の友だちよりもケガが重く、みんなが退院していくのにひとり取り残されて、東京駅近くの病院だから親も三日おきに顔を出すのが精一杯。なんか、世の中に自分ほど不幸な人間はいないんじゃないかって気になってしまいました。

でもね、瞳子さん。すごい奇跡があったんですよ。

最初にメールを送ったとき、こう書いたの覚えてますか。はじめてもらったバイト代で、携帯用の小さなラジオを買ってしまった、って。

事故のときもあのラジオ、持ってたんですけどね。なんと、ブジだったんです、ラジオ。フツーに使えるの。

しかも、なぜか葉崎ＦＭが聴ける。

東京駅の近くなんですよ。葉崎のミニＦＭが聞こえるはずないってみんな言うんだけど、わたしもそう思うんだけど、でも聴けるの。ときどき雑音が入るし、明瞭じゃないんだけど、ちゃんと聞こえるの。

それに気づいた途端、わたしは自分でも驚くほど元気になりました。見捨てられてないっていうか、ちゃんとわたしは葉崎につながってるんだって思えたっていうか、そんな気分になったものだから。

心が元気になると、傷の治りも早くなるみたいですね。二ヶ月後、わたしは転院を許されて、葉崎医大付属病院に移りました。

そうなると、友だちも授業のノート持ってお見舞いに現れるし、家族も毎日来てくれる。おまけに最初の病院より葉崎医大のほうがごはんもおいしい。

葉崎医大はJA葉崎と提携してて、とれたてのおいしい野菜や海の幸をどっさり使った病院食が味わえます。葉崎特産野菜のクリームシチューもおいしいし、ふだん苦手なイワシの梅煮もけっこういける。ラタトゥーユは最高。一度なんか、牛カツが出たんですよ。でもイチオシはゴーヤの味噌いため。これはホントにごはんがすすみ、隣のベッドのおばさんが残したごはんまでもらって食べてしまいました。てなことやってて転院後、いざリハビリを始めようとして鏡を見て、わたしはガクゼンとしました。

誰この丸い女。

ま、おかげでリハビリは担当者に驚かれるほど熱心に取り組めました。運動しなくちゃ痩せないですもんね。そのせいか一週間で松葉杖をつけば歩けるようになり、退院できたし通学もできるようになった。

なにがどう幸いするかわからないものです。

あの、瞳子さん。

たぶん瞳子さんはわたしのことなんかより、ココロちゃんのことを聞きたがってるんじゃないかな。

葉崎FMを聴いていたかぎりでは、瞳子さんたちもココロちゃんと接触してたみたいだから、わたしの話はもういい、のかもしれないけど。

会ったんです。わたし。ココロちゃんに。

三日前のことです。わたしは学校帰りに葉崎医大付属病院に立ち寄りました。あ、リハビリはとっくに終わって、ちょこっとぎごちないけどまあフツーに歩けてるんですよ。金属の棒が入ったりしてるもんだから、さすがに思いっきり走ったりはできないけど。学校の友人たちが病院内で始めた貸本ボランティアに誘われて、一度、様子を見に来ないかってことで、足を運んでみたんです。入院期間が長かったから、どんな本が読みたいか、あるいはどんな風に薦めれば本を手にとってもらえるのか、意見だけでも聞かせてもらいたいって言われたので。

転院したばかりのころは、患者さんでごったがえす受付ロビーを通り抜けるのに苦労してたんですが、いまはもう大丈夫。でも、人ごみが苦手になっちゃって、エスカレーターに乗ったときにはやれやれと思いました。

その瞬間、周囲からけたたましい悲鳴があがりました。上から女のコが転がり落ちてきたんです。

うわっと思ったけど、よけられません。幸いにして女のコは少し上で仰向けに転倒し、頭がわたしの二段上にある、という状態でさかさまに止まりました。

「えっ……うそ？」

わたしは思わず言いました。ココロちゃんはさかさまの状態でわたしを見て、

「あ。どうもぉ。ていうか、いたぁい。起きれなぁい」

半べそをかいています。まぎれもなく、ココロちゃんでした。

ホント言うと、最後はケンカ別れみたいな状態だったし、どこかで出くわしたとしても気づかなかったことにしてムシするつもりだったんです。

触らぬ神に祟りなし、っていうか。

だって、ツメの間の破片を抜いてあげなかったら、ほどなくして大ケガ。これま

でのココロちゃんをめぐる状況を考えると、近寄りたくないって当然でしょ？　病院のベッドでわたし、ずっと考えてました。このケガ、ココロちゃんの祟りかなって。本人にそんなつもりはなくても、彼女の守護霊怒らせちゃったかなって。我ながらバカバカしいよな、そんなの、と思う一方で、やっぱりこわかった。けど、なんせ相手は仰向けで、頭が下になってて、いたぁい、って言ってるんだもん。ムシしようがない。

わたしはココロちゃんを助け起こすことにしました。

でも、相手は妙な体勢だわ、ヘンな風に身もだえるわ、重いわ、もたもたしているうちにエスカレーターが次の階についてしまい。ココロちゃんの足はいちばん上の段にぶつかって、頭は昇ってくる段にぶつかって、ごんごんいっている。そのつどココロちゃんが、いたぁい、いたぁい、と叫ぶ。

エスカレーターのいちばん上の段差なんてほとんどないんだから、両足をちょっとあげれば押し出されると思うんだけど、なぜかココロちゃんは押し出されようとするたびに抵抗し、だから頭がごんごん。周囲のひとびとは助け起こすのも忘れて大笑いしていました。

ようやくココロちゃんがエスカレーター地獄から解放されて、わたしたちは最上階のスカイレストランに行きました。

「今日は朝からなんにも食べてないんですぅ」

というココロちゃんにカレーを買ってあげると、涙目でありがとうを連発する。でも、わたしの歩き方が妙になってることについては全然気づいてない。あるいは気にしてない。あいかわらずのココロちゃんでした。

「ところで、なんで病院にいるの？」

「崖から落ちたんですぅ」

カレーを口いっぱいにほおばりながらココロちゃんは言いました。

「あのねぇ、最近、親切にしてくれた小説家の先生のお引っ越しでぇ。お手伝いしようと思ってトラックから荷物出して運ぼうとしたら足が滑ってぇ。荷物ごと崖下に落ちちゃったんですぅ」

「……たいへんじゃん」

「泥だらけになってぇ、手首ひねっただけだしぃ。大丈夫って言ったんですけどぉ、どうしても病院に行けって言われて。だから来たんですぅ」

「ひとりで来たんだ」

「うん。一緒に落ちた荷物の中身がパソコンでぇ。書きかけの原稿とかたっぷり入ってるって、みんな青くなっててぇ。かまってられないからひとりで行きなさいって言われましたぁ」

要するに追い払われたわけだ。たしかにパソコンのほうが大事っちゃ大事だわな。〈星の滴教団〉に入っていたことも、あの香坂さんに殺されかけたことも、ココロちゃんが〈町井瞳子のライトハウス・キーパー〉を聴いていたから、生活していた場所をうっかり燃やしちゃったことも知っていました。で、いまはハードボイルド作家の角田港大先生のお世話になっていることも。けど、「書きかけの原稿とかたっぷり入ってる」パソコンを落としちゃって、これからも先生のお世話になれるのだろうか。

おいしそうにカレーをぱくつくココロちゃんの髪には、泥がこびりついています。手首の他にもすり傷がいっぱい。

ツメの間に突き刺さった壺の破片を抜いてあげることすらできなかったわたしに、ココロちゃんを心配する権利などない、かもしれません。でも、このココの先、どうなるんでしょうか。

気がつくと、ココロちゃんはカレーを食べ終わって、じっとこっちを見てました。

「……なに？　食べたりない？　おそばかなんか追加する？」

「わたしねぇ、仕事見つかったんですぅ」

ココロちゃんは言いました。

「角田先生の奥さんが見つけてくれたんですぅ。伊豆大島（いずおおしま）の海水浴場にある海の家で、夏の終わりまで働くんですぅ。働いてるあいだは、海の家で寝泊まりしてかまわないってぇ」

「そ、そうなんだ」

わたしは心底ホッとしました。よくよく考えてみれば、海の家で寝泊まりって、それこそホームレス一歩手前なんじゃないかって気もしますが、まさかよしず掛けってこともないだろうし、夏だけならいいかもしれない。食べ物だってたくさんあるだろうし、農家の物置小屋におし込められているよりも、一酸化炭素中毒になるような部屋にいるよりも、警察に目をつけられてる新興宗教にいるよりも、きっといいはず。

葉崎を離れたとしても、べつに日本を離れるわけではないのだし。

海はつながってるし。

「大島って遠いらしいんですけどぉ」

「それほどでもないよ」

「葉崎から離れちゃうけどぉ」

「いつ出発するの？」

「明日なんですぅ」

「明日、なんだ」

「はいぃ……」

「でも、よかったよ。仕事と住む場所が見つかったんだから。ホントによかったよ」

ココロちゃんはなにも言わずに、こくんとうなずきました。

スカイレストランを出て、一緒にエスカレーターで一階のロビーまで降りました。

「……じゃ、わたし、行かないと」

ココロちゃんは黙ってました。わたしはせいぜい明るく言いました。

「元気でね」

それでも黙っているココロちゃんにうなずいて、わたしは回れ右をして、もう一度エスカレーターのほうに歩き出しました。

「ご、ごめんね」

背後で小さな声がしました。知り合ったばかりのころ、お弁当屋さんでわたしが店長に怒られた帰り道、もういいよ、と言っても、わかったから、と言っても、わたしの背中にずっと言っていたように。

ごめんね、ごめんね、ごめんね……。

ココロちゃんが謝らなくっちゃならないことなんか、なんにもないのに。勝手にココロちゃんを新種の疫病神みたいに思って、面白半分につっついて、ラジオのネタにして楽しんで、たかがツメの間の破片すらとってあげられなくて、なんにもしてあげなかったのは、わたしのほうなのに。

ていうか、ココロちゃんはホントに疫病神だったのかな。

わたしは大ケガをして不幸かもしれないけど、ホントは不幸どころじゃなかった。死んでたっておかしくないような目にあって、でも死なずにすんだ。元気になった。足だってじきに治る。

立ち直れる程度の、ちょっとした不幸に、ほんの少し見舞われただけ。

気がついたら、ココロちゃんの「ごめんね」がだいぶ後ろになっていて、わたしは振り返りました。ココロちゃんは転んでて、床に這いつくばりながら、まだ、ごめんね、ごめんね、と繰り返してました。

わたしはココロちゃんのところへ戻りました。よいしょ、と言って立ち上がったココロちゃんに、なにか言いたかった。

でも、なにも思いつかなかった。もじもじしているうちに、ポケットのラジオを思い出したんです。

「これさあ、けっこう遠いとこの電波も拾うみたいだから」

わたしはラジオをココロちゃんの手に押し込んで、言いました。

「ひょっとしたら、大島でも葉崎FMが聴けるかもしれないし」

だから、それなりにつながってられる。こいつは奇跡のラジオなんだから。

ココロちゃんはなにか言おうとしたみたいでした。でも、ただ、嬉しそうにラジオを受け取って、ぺこんとおじぎをして、行ってしまいました。

わたしは葉崎医大付属病院のロビーのガラス越しに、ココロちゃんの姿を見送りました。あのチワワを思わせる小さな身体が、歩道をちょこちょこと遠ざかっていくのが、にじんで見えました。

次の瞬間。蛇行して猛スピードで走ってきたトラックが、なぜか車体半分歩道に乗り上げたんです。わたしは自分でもびっくりするような悲鳴をあげて、足のことなんかすっかり忘れて外へ飛び出しました。

歩道には、ココロちゃんが尻餅をついてボー然と座り込んでいました。ココロちゃんの身体ぎりぎりのところに、トラックのものとおぼしきぶっとい黒いタイヤ痕(あと)が残ってて。

そのタイヤ痕のど真ん中に、奇跡のラジオの残骸がへばりついていました。

瞳子さん。これでわたしとココロちゃんの話は終わりです。たぶん。

見送らなかったけど、元気で伊豆大島へ旅立ったんじゃないかと思います。だからもう、瞳子さんにメールをお送りすることもないでしょう。新しいラジオ専用機を買うかどうかもわかりません。少なくともいまはそんな気になれないし。だから、番組をこれからも聴くかどうか、不明です。

でも、〈町井瞳子のライトハウス・キーパー〉のスタッフと瞳子さんがこれからもずっと元気で、楽しい放送を続けてくださいますように、かげながら応援しています。

さようなら。お元気で。

＊　＊　＊

……以上が〈ココロちゃんのぺんぺん草〉さんからの最後のメールでした。

実を言うとね、このメール読んで、瞳子ねえさんはちょっと泣いたね。けど、一瞬で涙乾いたね。で、思った。ココロちゃんとぺんぺん草さんらしい終わり方だなあって。

てか、これで終わりになるんだろうか。終われないんじゃないだろうか。

そんな気もします。

でも、とりあえず、ご好評いただいてきた「みんなの不幸」のコーナー、今日で最終回とさせていただきます。これまで投稿してくださったみなさま、ありがとうございました。ええ、最終回。そうなんですよ、サイトーくん。ま、万一、ココロちゃんが戻ってきたら、再開するかもしれませんけどね。

来週からは夏の新コーナー「真夏の過失」が始まります。夏は恋の季節、熱中の季節、テンションのあがる季節。だからこそその熱がからまわりして、とんでもないトホホが起こる。みなさんの真夏のため息、ぜひ投稿してくださいね。リクエストともども、お待ちしてま～す。

ではここで七六・六メガヘルツ、葉崎ＦＭがニュースをお届けします。

本日午後九時すぎに、伊豆大島の三原山（みはらやま）上空におびただしい光の筋が見えるとの通報が相次ぎました。そのため、この現象をひとめ見ようと集まったひとたちが海岸道路にあふれ、混雑からケガ人が出ているとの情報も入ってきています。専門家によれば、この光は大気圏に突入した何らかの物質が燃え上がることで発生したいわゆる流星であるとの見方が強く、警察と気象庁では冷静な対応を呼びかけています。

あ、たったいま入った情報によれば、三原山上空の流星群見物に集まったひとたちが混雑から押し合いになり、十数人が道路から転落して海岸沿いの海の家を押しつぶす事態となりました。この事故で、現在、わかっているだけで九人が病院に運ばれましたが、うち三人は海の家の従業員で、十七歳の少女も含まれていると……。

ちょ、ちょっと！

みんなのふこう　葉崎は今夜も眠れない

十数年後の文月

七六・六メガヘルツ、葉崎ＦＭが二十一時をお知らせいたしました。

ささてさて毎週土曜、夜九時から深夜十二時までお届けする〈町井瞳子のライトハウス・キーパー〉、なんと！　今夜は！　記念すべき！　放送六百五十回目！

拍手！

……あれ。ブースの外でディレクターのサイトーが失笑してるよ。

『瞳子さん知ってます？　もうすぐ放送六百五十回なんですよ。よく続きましたよね。この時間、面白い番組とか他にいくらでもあるのに。ホント、瞳子さんって強運ですよね。六百五十回記念の回はスペシャルってことで盛り上がりましょう。年のせいで声を出しづらくなってるかもしれませんけど、ご褒美用意しますからね。頑張ってくださいね』なーんて、言葉の端に失礼をちりばめつつ言い出した張本人のくせにさ。

確かによく続いたもんだとアタシも思うよ。広い世界のファーイースト、神奈川の僻地、葉崎のちっぽけなローカルＦＭの番組が十年以上も。

これもすべてリスナーの皆様のおかげだと、骨身にしみて感じてもいますわ。

だけど六百五十回って。なんか中途半端。

フツーは五百回とか十年目突入とか、そういうタイミングで祝うもんじゃないの？

それをしなかったってことは、要するにサイトーが忘れたんだわね。五百回目も十年目も。

初代ディレクター木ノ内のあとを継ぎ、アシスタントディレクターからディレクターに昇格するとほぼ同時に結婚。二週間後に娘が生まれ、以来、親バカ街道まっしぐらのサイトーがこの番組に注ぐ労力なんて、しょせんその程度。

……え？　なによ、サイトー。お祝いのケーキを注文してある？　海岸町の〈洋菓子店カトリーヌ〉に？

それすごい。すごいけど、予定じゃもう届いてるはずなのでは、そのケーキ。夜の九時だよ、店はもう閉店してるでしょうよ。なのに影も形も見えませんけど。ホントに注文したのかね。

ちなみに現在、番組の生放送をしているこの〈葉崎ＦＭ放送ビル〉一階のブース、今日はね、ものすごく可愛く飾り付けされております。真正面には〈祝・放送六百五十回〉とピンクの文字で大きく書かれたパネル。お花とかお姫様とかの絵も描き込まれています。それに、色とりどりの紙の輪っかを連ねたチェーン、折り鶴、笹に願い事を書いた短冊……途中から七夕になっちゃってますけど、とにかくキュート。

この飾り物を作ってくれたのがサイトーの愛娘ちゃん。まだ幼稚園の年長さんだってのに、びっくりするほど上手なの。特にすごいのが、目の前にある紙でできたお花。ふわっふわで本物の牡丹(ぼたん)の花みたい。上手を通り越してアートの域だよ。これ、もらってもいい？　ダメと言われても持って帰るけど。番組のＳＮＳに写真あげといたから、みんなも見てね。

パンデミック以来、なにかと引きこもりがち、高カロリー高糖質の食事をフードデリバリーで取り寄せがち、令和(れいわ)のカウチポテト生活を送っていたら全身ゆるみがち。鏡の中のおのれの姿におののきがちな瞳子ねえさんも、おかげで今日は気分が上向きです。このテンションで深夜零時まで今夜も行くぞ、〈町井瞳子のライトハウス・キーパー〉六百五十回記念スペシャル！

葉崎海岸町のラジオネーム〈クマさんのおなか〉さんから。

『瞳子さん、スタッフの皆さん、番組六百五十回、おめでとうございます。めでたいけど、いつのまにこんな長寿番組になったんだ、と考えてクラクラしてしまう私は十数年前、離婚して仕事を辞め、二人の子どもを連れて葉崎に戻ってきました。親に子育てを手伝わせ、ついでに家賃も浮かせようという魂胆で実家暮らしをはじめましたが、ほどなくして親は脳梗塞に。介護と子育ての合間にタクシー運転手として働いていたあの当時、私の支えはスタートしたばかりの〈ライトハウス・キーパー〉でした。カーラジオから流れてくる瞳子さんの温かい声とユーモラスな内容の投稿に吹き出したり、うなずいたり。それで、どれほど癒されたことでしょう。

　ここ数年で子どもたちが家を出て、親は施設に。直接面倒をみることからは解放されましたが、パンデミックの影響で収入が減り、仕送りのため遅くまで働かざるを得なくなりました。さっき乗せたのは、道に迷って注文主の元にたどり着けないというフードデリバリーのヒト。自転車をトランクに入れて出発しましたが、この方、目的地の説明がうまくできずにパニックに陥り、後部座席で「小間物屋を開かれ」ました。』

　……若い人に意味わかるかな。吐かれちゃったってことね。

『ごめんね、ごめんね、と言いながら、掃除しようとしてますます汚れを広げるお客様。疲れているときにこんなことが起きると、客ごと相模湾に突っ込んじゃおうかな、という気にもなりますが、それを押しとどめてくれているのがこの番組です。小間物屋の件も「よし。投稿ネタができた」と考えて、なんとか受け止めることができ、お客様を無事に、目的地近くのはずだという葉崎駅まで送り届けることができました。お乗せしたのは楡ノ山の山中で、なにをどうしたらこんな迷い方ができたのか、不思議議でしたけどね。

瞳子さん、スタッフの皆さん、これからもお身体大切に末長く番組を続けてください。楽しみにしています。』

……と、いうことでした。

うわ、なんか泣きそう。

生きていれば誰にでも、きつくて辛くてギリギリのところを歩かなくちゃならない時期がくるようで、最近、瞳子ねえさんにもそういうときがありました。おかしなことに、凹んでるときにかぎって、さらに凹むようなことが続くんだよね。一つ一つは大したことでなくても、続くとげんなりして、生気を吸い取られるような気持ちになっちゃう。

そういうとき、普通だったら親しい友達でも呼び出して、愚痴をこぼしてお酒飲んでクダ巻いて。どうでもいい話に花を咲かせ、同じタイミングで吹き出したり、共感したり。人肌の温もりみたいなものを感じて、それでちょっとだけ立ち直って、またなんとか歩き出すわけですが、パンデミックのせいでそんなささやかなストレス発散もできなくなった。

だけど、アタシの声を温かいと感じてくれる人がいたんだな。

今、この放送ブースからは葉崎駅前ロータリーが見渡せます。この時間、店の灯りも少ないままで、震災のときほどではないけどなんか暗い。あそこに見えるタクシーの列にいらっしゃるんでしょうか、〈クマさんのおなか〉さん。

素敵な投稿、本当にありがとう。家族のために遅くまで、お仕事お疲れ様です。でも無理はしないでくださいね。〈クマさんのおなか〉さんは、ご家族のみならず、今ではアタシにとっても大切なヒトなんですからね。

手振っちゃおう。見えるかな。

さて、その〈クマさんのおなか〉さんのリクエストは……え？　なによサイトー。

ケーキが来た。六百五十回記念のカトリーヌのスペシャルケーキが。

すごい。皆さん、拍手！

なに。ローソク立てて、吹き消すとかするの？　え？　……わーっ、ちょっとそこのデリバリーのヒト。勝手にブースに入って来ちゃ……止めてサイトー……。

あー、えーと、リスナーの皆さんすみません。今、記念のケーキが来たんですけど、あの、海岸町の〈洋菓子店カトリーヌ〉のマンゴーとパッションフルーツのケーキで、うっとりするほど大きくて、めっちゃいい匂いがしておりまして……ちょっと、そこのデリバリーのヒト、ダメだって、ブースには入れないんだって、わあ、転ぶな……せっかくのケーキが……クリームがマイク……それは牡丹の花でティッシュじゃない……。

なにしてんの！　ごめんね、ごめんねじゃすまないっての、って、あれ。

もしかして、まさか。あなた……。

本書は、二〇一三年一月にポプラ社よりポプラ文庫ピュアフルとして刊行された作品の新装版です。「十数年後の文月」は書き下ろしです。

みんなのふこう
葉崎は今夜も眠れない

若竹七海

2022年1月5日　第1刷発行

発行者　千葉 均
発行所　株式会社ポプラ社
〒102-8519　東京都千代田区麹町4-2-6
ホームページ　www.poplar.co.jp
フォーマットデザイン　bookwall
組版・校正　株式会社鷗来堂
印刷・製本　中央精版印刷株式会社

N.D.C.913/255p/15cm　ISBN978-4-591-17239-1

落丁・乱丁本はお取り替えいたします。

電話(0120-666-553)または、ホームページ(www.poplar.co.jp)のお問い合わせ一覧よりご連絡ください。
※受付時間は月～金曜日、10時～17時です(祝日・休日は除く)。

P8101437